LE BONNET ROUGE

(Roman)

Daniel de Roulet

LE BONNET ROUGE

Héros-Limite

J'ai mis un bonnet rouge au vieux dictionnaire
(Victor Hugo, « Réponse à un acte d'accusation »)

(1782)
LA RÉVOLUTION GENEVOISE

Depuis quatre printemps,
le citoyen genevois Jean-Jacques Rousseau est mort
et la nouvelle constitution de sa ville
tarde à être approuvée.
Les gens des bas quartiers,
natifs et bourgeois,
n'entendent plus être soumis
aux banquiers, aux rentiers parasites,
aux grandes familles patriciennes.
Le roi Louis XVI, inquiet d'une démocratie
aux portes de son royaume, appelle
les Genevois «les Enragés».
Plus d'une fois, ils se sont fait voler leur révolution
par l'intervention de la France.
«Mais ce coup-ci, répète Antoine Bouchaye à son fils,
ils ne nous auront pas si facilement.»

Dans la soirée du 7 avril 1782,
Antoine et son fils Samuel
se trouvent en ville quand un mouvement
populaire et violent
s'en prend à la garnison.
Les soldats n'hésitent pas
à décharger leurs mousquets sur la foule,
laissant dans la rue des morts et des blessés.
Une vieille en train de fermer ses volets
est atteinte par un mauvais tir.
C'en est trop, chassons-les!

Le père et son fils de onze ans,
tout excités,
vont voir les patriciens pris en otage
hôtel des Balances, place Bel-Air.
Ils entendent dire que d'autres privilégiés
sont allés se réfugier dans leurs maisons de campagne.
Le Résident de France aurait fait ses bagages
sans demander son reste.

Le lendemain, une assemblée populaire vote
la nouvelle constitution.
Samuel n'a jamais vu son père si heureux.
Il faut dire que leur vie n'a pas été gaie.

Né à Genève au printemps 1771,
Samuel survit tout juste à sa mère.
Pendant ses trois premières années,
une nourrice lui apprend
à marcher, à manger sans baver,
à dire merci et sourire au monde.

Quand son père vient le reprendre,
il lui montre, dans le jardin d'une église,
la pierre sous laquelle repose sa mère.
«Maintenant tu es assez grand pour comprendre,
elle est morte en te mettant au monde.»
Le père emmène son fils
dans le quartier populaire de la rive droite du Rhône
où il a trouvé du travail.

Samuel grandit entre un établi d'horloger sous les toits
et des enfants de son âge qui apprennent

à compter, à écrire, grâce à un vieil homme
dont les yeux sont trop mauvais
pour manier les brucelles.

À haute voix pour tout l'atelier, Samuel lit
un livre mille fois écorné,
qui provoque chez son père
de temps en temps une larme.

Avec la révolution et le printemps,
la mélancolie du père s'en va.
Chaque soir il participe aux assemblées du quartier,
explique à son fils les principes qui permettent
aux hommes de vivre égaux dans la cité.

Pendant quatre-vingt-quatre jours,
les citoyens organisent une nouvelle république
démocratique et libre
sans la moindre violence.
L'Europe entière en parle.
C'est le début d'une formidable espérance.
La révolution est donc possible.
Les aristocrates de France, d'Autriche et de Sardaigne
se sentent menacés.
Qu'adviendra-t-il de leur particule ?

Les patriciens qui ont fui Genève
vont se plaindre à Versailles, à Berne
et même aux pires ennemis de la République,
les Savoyards.
Aux puissants de tout le continent
ils expliquent que la fermentation

des idées de ce Rousseau
va finir par emporter
toute la belle hiérarchie
voulue par les rois et par Dieu.
«La contamination révolutionnaire, voilà le danger.»
À ces mots, Versailles Berne et Turin
dépêchent plusieurs milliers de soldats
chargés de rétablir l'ordre des banques et des affaires.
«Mais ce coup-ci, répète Antoine Bouchaye à son fils,
ils ne nous auront pas si facilement.»

Autour de la ville rebelle,
les troupes de la contre-révolution s'amassent.
Français, Suisses et Sardes
vont donner l'assaut au bastion de la liberté.
Trois armées contre Genève,
douze mille hommes contre
quelques centaines de Genevois mal équipés.
Dans les troupes françaises
se trouve le bataillon du marquis de La Fayette.
Il a soutenu la liberté
des colonies anglaises d'Amérique,
mais veut anéantir celle des Genevois.
Dans les régiments suisses,
quelques dizaines de déserteurs
se portent au secours des assiégés.

Le temple de Genève est aménagé en hôpital,
l'Académie, en corps de garde,
la cathédrale, en dépôt de poudre.
Le blé est distribué de manière équitable.
La ville entière se prépare à repousser l'envahisseur.

Réfugiés à l'extérieur des murs, les patriciens
indiquent aux assiégeants le chemin à emprunter
pour ne pas endommager leurs domaines.

Chaque soir, Samuel et son père vont sur les remparts
voir les soldats du roi de France creuser des tranchées
pour s'approcher de leur ville et l'encercler.
Samuel s'étonne qu'on les laisse faire
quand ils se trouvent à portée de canon.
«Parce que, le père dit, ils finiront
par se ranger à nos idées de liberté.»

Les jours passent,
le dispositif militaire ennemi étrangle Genève.
Quelques bourgeois trouvent que
le bon peuple va trop loin.
De nuit, par le lac, ils s'enfuient.
Ceux qui restent se préparent
à mourir pour leurs idées.
La première révolution démocratique d'Europe
va être écrasée dans le sang.

Dans son atelier transformé en dépôt de munitions,
Antoine Bouchaye lit à ses camarades une lettre
que leur compatriote Rousseau
écrivait quatorze ans plus tôt à un ami:

«Vous êtes prêts à vous ensevelir sous les ruines de la patrie [...] il vous reste un dernier parti à prendre [...] c'est d'en sortir tous ensemble en plein jour, vos femmes et vos enfants au milieu de vous.»

C'est ce qui advient dans la nuit du 2 juillet 1782.
À une heure du matin,
les deux parties approuvent
un couloir d'évacuation.

Deux mille révolutionnaires quittent Genève.
Ils déclarent ne plus pouvoir
envisager comme leur patrie
une ville occupée par les troupes étrangères
et dont les lois cessent d'être
la volonté libre de ses citoyens.

À cinq heures du matin,
les envahisseurs pénètrent dans la ville.
Les patriciens sont remis au pouvoir.
Fin d'une révolution exemplaire !

Tandis que le jour point sur un Léman grisâtre,
Samuel et son père, entassés avec d'autres
sur un char fait pour le transport des tonneaux,
discutent de leur avenir.
Ils n'ont pu emporter qu'une petite malle
qui contient des outils d'horloger,
un livre de Rousseau et quelques hardes.

Arrivés à Rolle,
à mi-chemin entre Genève et Lausanne,
ils décident de ne pas continuer vers Neuchâtel
qui propose un refuge aux émigrés.
Samuel espère qu'ils pourront bientôt
retourner dans leur patrie.
Son père en doute.

Il fait le tour des horlogers, puis le tour des pêcheurs,
ne trouve pas à s'employer.
Après deux nuits sous les marronniers
de la terrasse du château,
il loue une chambre
dans le grenier d'un ancien collègue.

Dans les semaines suivantes,
un batelier engage Antoine,
tandis que son fils travaille chez un menuisier
qui construit des *naux* à fond plat,
conçues pour quatre rameurs,
et des *liquettes* moins lourdes à manier.
Mais son cœur comme celui de son père
reste au bout du lac, à Genève.

À Rolle dans le Pays de Vaud
sous domination bernoise et donc suisse,
les réfugiés sont tolérés à condition
qu'ils ne fassent pas de politique.
Le père continue d'entretenir
des rapports clandestins
avec des Genevois sur place
qui partagent ses idées.
Pas question de baisser les bras.
«La révolution a échoué à Genève, mais bientôt,
dit Antoine Bouchaye,
l'Europe entière nous emboîtera le pas.»

Moins suspect que son père,
Samuel peut organiser,
par des voies détournées, la liaison

avec la Genève résistante.
Son patron lui laisse parfois
une *liquette* pour se rendre
à un port français entre Rolle et Genève.
Il y échange le courrier avec un batelier
arrivant du bout du lac.
Ainsi la censure est contournée.
Samuel se sent utile à la cause.
Il n'est plus un enfant,
s'enthousiasme pour un monde où
le fils d'un aristocrate n'aura pas plus de droits que lui.
Cela ne l'empêche pas d'avoir beaucoup d'admiration,
et peut-être davantage, pour une Parisienne
qui vient chaque année passer l'été à Rolle.
Les Rolloises et les Rollois l'appellent Madame de,
sans préciser son nom.
Elle a pour amie la fille du directeur du Trésor royal,
qui vit dans un château non loin de là.
Quand elle se promène
le long de la rive jusqu'au port
avec ses jeunes enfants et une dame de compagnie,
Samuel se poste à différents endroits de son passage
pour l'entrevoir.
Elle le remarque,
mais ne lui adresse pas la parole, sauf une fois
pour lui demander si son patron, Chappuis,
lui fournirait du poisson.
Samuel rougit, s'étonne qu'elle sache
qu'il travaille pour Chappuis,
pêcheur à ses heures.
Le soir même, celui-ci va livrer sa pêche à Madame de.

À la fin de l'été,
sans que Samuel lui ait parlé une deuxième fois,
la Parisienne et ses enfants quittent Rolle.

Début juin de l'an suivant,
elle est de retour.
Samuel est maintenant un jeune homme.
Quand elle l'aperçoit près du port où elle se promène,
la Parisienne dit :
« Ah ! c'est vous ! Samuel, n'est-ce pas ? »
Il rougit, bredouille, finit par demander
si elle est toujours intéressée par du poisson.
Elle répond oui et continue sa promenade.

Les jours qui suivent,
Samuel s'arrange pour la croiser encore.
À chaque fois, elle lui décoche un joli sourire,
mais rien de plus.

Quand il pense à elle avant de s'endormir,
il se sent comme amoureux.
Son père qui découvre son manège lui dit
de ne pas fréquenter les aristocrates :
« Souviens-toi comme les patriciens
nous traitent à Genève. »
Ces remarques paternelles ne font qu'aiguiser
la curiosité de Samuel qui se demande comment
une femme si belle peut faire partie
de la classe de ses ennemis.
À Genève, les patriciennes dont il se souvient
sont toutes d'une laideur repoussante.

À la fin de l'été, Madame de
et ses deux enfants
quittent Rolle,
sans doute pour Paris.
Samuel ne la reverra jamais.

Peu à peu il apprend,
grâce à son patron menuisier et pêcheur,
la navigation en eaux douces,
les vents, les vagues, la profondeur des fonds
et aussi les meilleurs endroits
pour que les filets dérivent et se remplissent.

Un jour que Samuel dans le port français
échange du courrier avec un comparse genevois,
deux hommes en uniforme exigent
qu'il leur remette l'enveloppe cachetée.
Ils l'emmènent à la capitainerie.
L'affaire a l'air sérieuse,
ils veulent savoir
qui sont les expéditeurs,
qui sont les destinataires des écrits qu'il transporte.
Samuel prétend qu'un inconnu de Lausanne
l'a payé pour ce service.
Finalement il est relâché.

Quand il raconte la chose à son père
Antoine Bouchaye répète:
«Mais ce coup-ci, ils ne nous auront pas si facilement.»
Il juge donc plus prudent
que son fils change encore une fois de pays.

(1788)
VIRGINIE

Grâce à un ami de son père,
Samuel Bouchaye,
qui prendra plus tard,
en admettant que ce soit lui,
le nom de Sam Butcher,
trouve une place aux carrières de Meillerie.

Accroché aux flancs raides d'une montagne savoyarde,
le village vit de l'extraction de la roche et de la pêche.
Le soleil s'y lève tard.
Et l'hiver, la jetée est décorée de festons de glace.

Sous les ordres d'un mineur,
Samuel bourre la poudre noire,
s'occupe aussi de la jument qui tire
jusqu'au port
un chariot chargé de rochers taillés.
De là sur des barques plates,
les blocs partent pour Genève et Lausanne
où la pierre de Meillerie orne les plus beaux bâtiments.
Six jours par semaine,
le travail aux carrières abîme les mains de Samuel
et son dos.

Parmi les Savoyards, il se sent plus exilé encore
que chez les Vaudois.
Il ne comprend pas
tous les mots qu'ils emploient

ni la manière dont ils prononcent certains de ceux
qu'il croit connaître.
Chaque semaine, il écrit à son père
de longues lettres qu'il confie à des bateliers.
Peu à peu, il se fait des amis
parmi les garçons de son âge.
Il leur raconte avec des lueurs dans les yeux
les péripéties de la Révolution genevoise.
Ils se retrouvent le soir
après la journée de travail
près de la place pavée
qui prolonge la rue des Pêcheurs.
Autour du lavoir se tient le premier centre
de la vie villageoise,
l'autre, celui des vieux, est le Café du Port.

Entre les barques de pêche qui accostent
chaque jour devant Meillerie,
figure celle d'une jeune femme, Perchette.
Depuis que ses parents ont été emportés
par une vague mauvaise, elle a repris leur commerce,
filets, bateau et clientèle.
Elle habite chez sa tante.

Personne ne connaît d'amants à cette beauté sauvage,
vingt-cinq ans, cheveux blonds remontés en chignon,
yeux bleus à la manière du lac par beau temps,
des doigts restés fins pour le ramendage des filets.
Grande et mince,
personne ne l'appelle Virginie, mais Perchette.
Elle sort par n'importe quel temps,
refuse de se faire accompagner.

Au Café du Port, on chuchote que, loin du rivage,
elle saute à l'eau pour se rafraîchir,
nue dans la lumière de l'aube.
Cette légende invérifiable
ajoute au trouble de ses prétendants
avec lesquels elle s'attable pour un verre de vin blanc
sans jamais leur concéder davantage.

Un jour que Samuel décharge ses pierres
sur le pont de *La Gauloise*
et que Perchette rentre au port,
elle s'adresse à lui pour moquer son accent
qu'elle a reconnu comme venant, dit-elle,
de l'autre bout du lac.
Samuel sent le rouge lui monter au front.

Le lendemain, elle lui donne
une dizaine de perches dans une assiette
pour qu'il les apporte à sa logeuse.
Pour Samuel, Perchette est plus belle
que toutes les femmes qu'il a rencontrées,
plus désirable encore
que la Parisienne de Rolle.

Le soir où il rapporte l'assiette, elle lui propose
de s'asseoir à la table de la cuisine.
Samuel prend place, ne sait comment se comporter,
ne trouve rien d'autre à dire que:
«Dis donc, Perchette, vrai que tu as trente ans?»
«Non, dit-elle, appelle-moi Virginie,
j'ai vingt-trois ans, et toi?»
Samuel dit: «Moi, six ans de moins»

et ajoute qu'à Rolle
il travaillait chez Chappuis.
Dès lors la conversation s'engage,
Samuel raconte puis questionne et à la fin
elle lui demande
quel jour il pourrait se libérer pour l'accompagner.
«Je croyais, dit-il, que tu ne voulais personne
sur ta barque.»
Ils conviennent d'aller pêcher dimanche matin,
une heure avant le lever du soleil.
Sur quoi Samuel se retrouve dans la rue,
tout ébahi de bonheur,
étonné d'avoir rendez-vous
avec une si belle femme.

Dimanche en fin de matinée,
alors que les vieilles sortent de la messe et que
le Café du Port sert les hommes en terrasse,
tout le village peut voir que Perchette
ne rentre pas seule.
Elle a pêché un beau jeune homme,
ouvrier aux carrières,
fils d'un réfugié politique genevois.
Difficile de croire que ce garçon,
timide jusqu'à l'effacement, ait pu s'inviter à bord.
De dépit ou de jalousie devant son absinthe,
un jeune beau du village,
chemise blanche et moustache cirée,
commente l'événement:
«Perchette a pris un homard dans ses filets.»
Le plus troublé par la scène est Samuel lui-même.
Son penchant pour Virginie date

du premier jour où il l'a vue.
Il la trouve désirable et fort belle, mais s'étonne
de sa manière cavalière, alors qu'il croyait
que c'était aux hommes de faire
le premier pas.

Déjà elle lui fixe le prochain rendez-vous,
trois jours plus tard, sur la terre ferme,
près d'un gros rocher dans la forêt au-dessus du village.

Dès la fin de sa journée de travail aux carrières,
Samuel se rend au lieu dit.
Virginie ne tarde guère.
Un quartier lunaire précoce
pose un reflet tremblant sur les eaux assombries du lac.
Elle explique à Samuel pourquoi elle a choisi ce rocher :
«Selon l'instituteur,
ce bloc erratique caché dans une pente raide
au milieu d'une forêt de pins et de hêtres
a servi de point d'observation à un jaloux.
Muni d'une longue-vue,
il venait là pour espionner la rive d'en face,
Clarens, où se trouvait son amoureuse.»
Ils prennent place sur la grosse pierre,
elle caresse sa main. Ils chuchotent,
jugent cet homme
qui épiait un amour hors de portée.
«Bien la preuve, dit Virginie,
que l'amour te fait faire des choses inutiles.»
Samuel a peur de se trouver
nez à nez avec ce type.
«Mais avec le jour qui baisse, dit Virginie,

la longue-vue ne peut pas servir,
et d'ailleurs l'instituteur
a sûrement inventé cette histoire
pour se rendre intéressant.
Ou bien lui-même espionnait son amoureuse.»

Elle propose à Samuel de se mettre au chaud
chez sa tante.
Il a deviné ce qui va se passer.
Décidément cette femme sort de l'ordinaire.
Elle le fait entrer dans une chambre avec
une paillasse dans un coin et au mur,
deux gravures représentant le Léman.
Sur la table, un broc à eau et une chandelle.
Virginie se montre moins timide que lui
pour se déshabiller.
Ce qui arrive entre eux
Samuel s'y attendait,
même s'il n'a pas d'expérience.

Et le lendemain au travail,
le sourire qui ne le quitte plus
dit bien
son bonheur éperdu.

Un jour elle lui dit:
«J'espère avoir bientôt un enfant de toi.»
Il sourit:
«Et après, si tu es enceinte?»
«Je te l'ai déjà dit, je trouverai un mari riche
pour que l'enfant ne soit pas trop pauvre.»
«Je ne suis donc qu'un intermédiaire?»

Et elle:
«Oui, tu es le plus bel étalon
de toutes les écuries du monde.
Si c'est une fille, nous l'appellerons Héloïse.»
«Et un garçon?»
«Pourquoi pas Léman?»
«Nous verrons bien», dit Samuel
qui n'en croit pas un mot.

Mais voilà qu'un gros nuage se met
en travers de leur idylle.
Cela se passe au vu et au su de tout le village.
Un dimanche à la sortie de la messe,
comme pour que tout le monde
soit bien au courant,
Perchette rentre au port avec
un autre homme à son bord:
Giorgio Dipiazza, le fils du patron des carrières.
«Un bon parti, commentent les hommes
sur la terrasse du Café du Port.»
«Perchette a pris un gros poisson dans ses filets,
dit une femme qui s'abrite du soleil
sous un porche.»
Sa voix porte jusqu'à Samuel affalé
sur un muret les pieds dans l'eau.

Presque tout le monde à Meillerie
travaille pour les carrières
qui appartiennent à un Piémontais âpre au gain
que le village salue avec respect
quand il y passe, trois ou quatre fois l'an:
«Monsieur Dipiazza» par ci,

«Monsieur le Directeur» par là.
Le fils de ce propriétaire, Giorgio Dipiazza,
a été chargé par son père de surveiller
une nouvelle extraction.
Venu vivre sur place,
il a pris une chambre au Café du Port,
a remarqué Perchette,
la veut pour femme.
Selon lui, elle ne peut rêver meilleur parti.
C'est pourquoi
il ne doute pas de son consentement.

Le lendemain soir au rendez-vous
que Virginie lui a fixé,
Samuel pour la première fois ne sourit pas,
demande ce qui se passe.
«Rien, elle dit, juste que je suis enceinte de toi.»
Samuel comprend encore moins quand elle ajoute
que c'est le moment de prendre un mari riche.
Il sent un monde s'effondrer,
aucun mot ne lui vient.
«Oh, dit-elle, ne t'affole pas,
il va me payer un nouveau bateau, et une pension,
ensuite je le jette, ce petit prétentieux.»
Samuel peine à respirer, il va peut-être s'évanouir,
pleurer, vomir ou mourir.
Elle le prend contre elle et dit que ça passera.

Plus tard il se retrouve chez lui sans savoir
comment il a fait pour rentrer.
L'amour rend saoul, la jalousie aussi.

Le lendemain matin Samuel retourne aux carrières,
sans avoir apaisé sa colère.
Une étincelle et elle explosera.
Tandis qu'il arrive sur le quai d'embarquement
avec la jument et un chargement de pavés,
le fils Dipiazza se tient là,
un carnet à la main,
avec son air de petit marquis poudré.
Samuel le salue poliment.
L'autre ne répond pas,
mais lui lance un regard que Samuel juge insolent.
Et d'un coup
Samuel crache par terre,
juste devant les belles chaussures napolitaines
de Giorgio qui reste de marbre.

Samuel s'en va vider son chargement
sur le pont plat de *La Gauloise*.
En revenant, il repasse à l'endroit où se trouve Giorgio.
Cette fois, celui-ci l'apostrophe:
«Alors, Bouchaye, tu te permets de cracher?»
Samuel fait mine de ne rien entendre,
mais de toute la semaine y repense avec rage.

Le samedi à six heures quand Samuel va chercher sa paie,
Giorgio se trouve dans le bureau
aux côtés du commis qui distribue l'argent.
Le compte de Samuel n'y est pas.
«Il manque un sol, une petite pièce»,
fait remarquer Samuel.
«Oui, dit Giorgio, c'est le prix de ton crachat.»
Samuel devrait rester calme, comme l'autre,

mine de rien, attendre pour se venger.
Mais pendant toute la semaine,
il a nourri sa haine
contre ce gosse de riche qui lui vole Virginie.
Sans un mot, blanc de rage,
il saisit Giorgio des deux mains par les revers de sa veste
et, d'une poussée brusque, le précipite en arrière.
Son rival trébuche sur la chaise derrière lui,
sa tête va frapper contre le rebord de la fenêtre.
Pas un cri, juste un bruit d'os fracassé.
Étendu sur le sol du bureau,
le fils du patron ne bouge plus.
Un filet de sang coule au coin de sa bouche.
Ils sont plusieurs autour de lui.
Samuel pétrifié entend dire:
«Je crois qu'il est mort.»

Alors sans même y penser,
au milieu de la confusion,
Samuel s'enfuit en courant.
Il ne réfléchit plus,
se retrouve dans la forêt près du rocher.

Le soir descend, il attend longtemps.
Virginie ne vient pas.

Peu à peu Samuel reprend ses esprits.
Elle a dû apprendre la chose,
le village est en émoi.
Recherché, Samuel devrait se rendre aux gendarmes.
Il croupira en prison,
sera accusé d'un meurtre crapuleux,

finira pendu sous les yeux de Virginie.
S'il redescend à Meillerie, il sera pris.
S'il tente la route du lac vers Évian
ou vers l'embouchure du Rhône,
les passages sont partout surveillés.
Il ne lui reste qu'un chemin:
monter dans la forêt jusqu'à la limite des arbres,
où commencent les alpages qui,
à cette saison, sont inoccupés.
Et par là-haut, très haut,
rejoindre le profond vallon où mugit le torrent
qui marque la frontière avec le Valais.
Il en aura pour une nuit et un jour,
le temps de réfléchir à la suite.

Le surlendemain, il arrive à Clarens.
Doit-il se cacher? Où dormir?
Il repense à cet amant jaloux assis sur le rocher
au-dessus de Meillerie.
C'est maintenant qu'il aurait besoin d'une longue-vue
pour épier ce qui se passe dans le village savoyard.

Perdu dans ses sombres pensées,
il se trouve soudain nez à nez avec une affiche
écrite dans la langue du pays
qu'il déchiffre à voix haute:

«On fait savoir à toutes sortes de personnes de quelle qualité et condition qu'il puisse être, qui voudrait prendre parti dans les Volontaires étrangers, n'auront qu'à s'adresser à Monsieur de Marcin, capitaine dans lesdits Volontaires. Ils auront leur congé après trois années de service. Les déserteurs français y sont reçus et auront leur liberté pareillement après quatre années de service, le tout pour servir par terre et non ailleurs. On s'adressera à Monsieur de Marcin qui leur donnera toutes sortes de satisfactions et bons engagements au service du régiment Lullin de Châteauvieux.»

(1786)
LE RECRUTEMENT

Dans le régiment de Châteauvieux,
ceux qui voulaient devenir soldats sont peu nombreux.
Certains avaient des dettes,
une famille à nourrir ou bien,
dans la ferme, le foin a fermenté,
le feu a pris et au matin, malgré la neige,
tout était noir et fumant.
Le recruteur leur a mis sous le nez sa feuille à signer.
Il l'appelle capitulation, la bien nommée.

Certains d'entre les Châteauvieux
parlent le dialecte alémanique.
D'autres viennent d'un pays voisin,
un royaume, une principauté.
À ceux qui ne sont pas protestants,
leurs curés disent que,
puisque Dieu leur a donné tant de frères,
il attend que les mieux bâtis
s'enrôlent dans les régiments suisses de l'étranger,
et qu'une partie de leur solde revienne à l'Église.

Les Châteauvieux ne sont pas tous nés
au même endroit ou dans la même famille.
L'escouade dont fait partie Samuel Bouchaye
compte huit mercenaires de la région genevoise.
Pendant les événements qui vont suivre,
ils ne se quitteront guère,
sauf deux d'entre eux

pour des raisons indépendantes de leur volonté,
comme on verra plus tard.

Certains naïfs se sont laissé tenter
quand le recruteur est passé,
avec ses contrats et une avance de trois mois.
Les uns n'ont pas demandé la permission à leur père
de mettre une croix sur la feuille,
d'autres avaient trop bu pour savoir
s'ils avaient vraiment signé.

Il a fallu faire ses adieux.

Après trente jours de marche,
ils ont rejoint leur caserne dans les faubourgs de Paris.
Désormais ils appartiennent au colonel-propriétaire
Jacques-André Lullin de Châteauvieux
qui sert Louis XVI, roi de France.

Dans la cour de la caserne de Rueil-Malmaison,
ils sont mis au pas.
Au pas tout droit,
au pas tourner à gauche,
virer,
retour,
contremarche.
Portez armes !
Un officier hargneux crie les ordres.

Dès la première semaine,
alors que leurs uniformes ne sont pas encore prêts,
ils découvrent le sort des déserteurs.

Cinquante soldats forment une haie.
Le déserteur remonte la file,
chacun doit le frapper avec une courroie.
Le malheureux tombe, se relève,
doit repasser huit fois.
Ses vêtements sont déchiquetés,
il est traîné au cachot.
Le lendemain tout recommence,
le sang coule sur son pantalon.
Avant le huitième passage,
il perd connaissance.
Voilà le sort des déserteurs.
Il arrive qu'ils en meurent.

À l'instruction, les Châteauvieux apprennent
à ranger l'équipement,
à se coiffer à la manière des soldats,
différente de celle des officiers,
sans qu'une seule mèche dépasse.
Leur tunique rouge est à la charge
du colonel-propriétaire.
Le reste, ils le paient de leur argent :
la craie, la poudre, le cirage, l'huile et l'émeri.
Tant qu'ils ne savent pas le faire eux-mêmes,
ils font nettoyer le fusil à leurs frais.

Cinq heures de suite chaque matin,
Samuel et les autres soldats,
sanglés dans leur uniforme,
exécutent des mouvements brusques,
tels des automates mécaniques et déguisés.
L'officier, canne levée, ne tolère pas le moindre écart.

Rentrés à la caserne,
ils ont juste le temps de blanchir leur linge.
Sur leur uniforme, tout blanc
à l'exception de la tunique,
la plus petite tache se voit.
Ils passent des heures à faire briller la cartouchière,
astiquer le fusil, la gamelle, les boutons.

Le soir à la parade,
ils se présentent comme s'ils partaient en campagne,
la giberne fixée sur une épaule,
sur l'autre, le havresac rempli de linge,
puis le sac à pain,
les ustensiles, gourde et marmite,
le tout attaché par une courroie.
Et encore le fusil en bandoulière.
En avant, marche !
Ne t'avise pas de partir du mauvais pas.
Le plus petit défaut,
un cheveu dérangé dans la coiffure
et tu recevras,
en guise de bienvenue à la parade,
une grêle de coups.

Au bout de trois mois de ce traitement,
la plupart prennent le pli.
Quand ils se retrouvent en salle de garde,
ils n'ont plus rien à se dire,
jouent aux cartes, chiquent le tabac,
boivent et ruminent.
Parfois l'un d'eux lit un pamphlet
plein de bonnes idées sur la liberté,

mais les autres ne les trouvent applicables
ni en Suisse ni dans le régiment.
Un certain André de l'escouade de Samuel
prétend qu'à Genève naîtra bientôt
une république refaite selon ces idées-là.
Il désertera pour en être
et, cette fois, il la défendra.

Certains d'entre les Châteauvieux ne s'adaptent pas,
en perdent le sommeil ou bien,
chaque nuit, mouillent la paille des dortoirs
quand ils ne font pas ça en plein exercice.
Ou bien ils hurlent tels des taureaux blessés,
il faut leur mettre un chiffon dans la bouche.
Les cas difficiles,
ceux qui ne redeviennent pas dociles,
sont enfermés à l'asile.
Personne n'en parle plus.

L'un d'eux, natif de Lausanne, est devenu muet.
Il est laissé tranquille sur son banc
à la porte de la caserne.
Il partage l'écuelle des chiens.
Allez savoir pourquoi, chaque fois que Samuel le voit,
il pense à Virginie,
peut-être à cause de ses yeux d'un bleu
qui rappelle le Léman et ceux de cette Perchette
à laquelle il doit la découverte d'un continent.

Il se souvient du jour où pour la première fois
il accompagnait Virginie.
La lueur de l'aube permettait tout juste

d'éclairer la rive d'en face.
Le miroir de l'eau était d'huile, pas un souffle,
ils avaient dû sortir à la rame.
Les bouées qui marquaient l'emplacement des filets
se trouvaient au-delà du coude de la montagne.
Ils s'étaient retrouvés dans un endroit isolé
au milieu d'une anse bordée de roches escarpées.
Le soleil s'étalait sur les collines vaudoises.
Après avoir remonté et vidé les filets
jusqu'à remplir deux grands seaux de perches,
ils s'étaient mis à comparer leur usage du Léman.

Ayant vécu à Genève, puis dans le Pays de Vaud
puis dans le royaume de Sardaigne,
Samuel avait fait remarquer que cinq États,
y compris la France et le Valais à l'arrivée du Rhône,
se partageaient le Léman.
Il le considérait comme une vaste place publique
où tous les riverains devraient pouvoir
se rencontrer librement,
sans être à la merci
des douaniers, des gabelous et des sbires
de cinq États différents.
À quoi Virginie avait répondu
qu'elle reconnaissait bien là
les idées que son instituteur copiait chez Rousseau,
lui qui se méfiait des frontières entre les pays.
Selon elle, chacun devrait avoir droit
à la solitude la plus absolue.
Si elle le pouvait, elle exigerait
que le Léman ne soit qu'à elle.
Samuel avait pensé qu'elle se moquait de lui.

Aujourd'hui, il se demande si leur enfant est
une fille ou un garçon.
Héloïse ou Léman ?

(1789)
L'ESCOUADE

Tout comme Samuel Bouchaye,
l'appointé André Soret, soldat de première classe,
fait partie des Châteauvieux.
Sa corpulence au-dessus de la moyenne
et sa bonne humeur
le font remarquer de loin.
Depuis sept ans, il est veuf.
Sa femme est morte en couche.
Aucune nourrice n'a réussi à faire grandir
son petit Jean-Jacques,
disparu après quelques semaines.
Imaginez la tristesse d'André!

En 1782, il rejoint ceux qui,
dans la République genevoise,
ont combattu la dictature du patriarcat.
À Paris, la banque genevoise avait placé
Jacques Necker,
représentant de la République,
devenue protectorat du Royaume.
Nommé ministre des Finances du Roi,
il intriguait pour que Genève se débarrasse
une fois pour toutes
du mouvement démocratique.
Dans son atelier d'horloger, André répétait:
«Le souverain est en droit
de déposer un gouvernement qui refuse de se plier
à la volonté générale.»

Comme Samuel avec son père, André a quitté
la ville encerclée d'ennemis.
Dès le lendemain, il s'est présenté
au bureau de l'officier recruteur d'un régiment bernois.
Puisque des soldats bernois avaient rejoint les assiégés,
André espérait se trouver en bonne compagnie.
Grâce à son physique imposant,
il aurait pu être incorporé chez les grenadiers,
avec un fusil à baïonnette et un sabre.
Il a préféré n'être qu'un fusilier ordinaire,
sans sabre,
a signé pour quatre ans jusqu'en 1786.
Puis encore une fois.

Depuis que son régiment a été vendu,
il est devenu
le régiment Lullin de Châteauvieux.
André ne veut pas servir un patricien genevois.
Comment faire ?
Déserter ?
Il y pense, attend une occasion propice,
un engagement sur le champ de bataille.
Il n'en fera rien,
on verra pourquoi.
À chaque fois qu'un officier lui propose
de passer sergent,
c'est-à-dire de troquer le fusil pour la hallebarde
et de commander sept soldats,
il refuse l'avancement.
Il n'est devenu appointé qu'à l'ancienneté.
Toute l'escouade admire ce ci-devant horloger
et les belles idées qu'il défend
pour que règne la liberté.

Samuel se sent proche de cet aîné.
Lui aussi a l'ennui du Léman,
qu'André désigne
comme la plus grande quantité d'eau du continent,
à côté de sa plus haute montagne.
Samuel ne dit rien, mais pense à Virginie.
Leur enfant est-il né ?

En plus de Samuel et d'André,
trois jeunes Genevois
du quartier de la rive droite
font partie de l'escouade :
Gédéon, Jacques et François.
Ces trois compères,
après avoir terminé leur service
auprès du patricien Horace Bénédict de Saussure,
qui s'était fait hisser en haut du Mont-Blanc,
se sont retrouvés désœuvrés.
L'automne avançant,
les vendanges touchaient à leur fin
et ils n'avaient rien d'autre en vue que
des emplois de journaliers
dans les vignes des alentours,
mais pas pour tout de suite.

La femme de Jacques, Constance, travaillait
dans les cuisines d'un patricien
en son domaine de Choully.
Jacques, célibataire, avait une petite amie,
rien de sérieux.
Un jour, Gédéon et Jacques qui s'ennuyaient en ville
ont retrouvé François dans l'estaminet de la Cigogne

pour partager quelques pichets.
Gédéon avait pourtant promis à Constance
de ne pas boire pendant la semaine,
mais entre hommes,
difficile de résister.

Alors que chacun avait déjà payé sa tournée,
un inconnu s'est approché de la tablée pour demander
qui donc parmi les personnes présentes
s'intéresserait à se louer pour trois mois à un fermier.
Ils ont répondu pourquoi pas,
à condition de bien connaître les conditions.
Comme l'affaire rapportait vingt-neuf sols par jour,
tous les trois ont accepté
la tournée offerte par le recruteur.
Il a distribué à chacun une petite avance.
Selon son vœu, ils ont porté un toast au Roi,
sans qu'il soit clair duquel il s'agissait.
La prochaine tournée a encore été payée,
comme la suivante et celle d'après.
Quand Jacques, Gédéon et François ont vu
leur gobelet se dédoubler,
ils l'ont vidé une dernière fois
avant de s'endormir.

Le lendemain, les trois dormeurs autour de la table
ont été réveillés par des soldats
en uniforme de mercenaire
qui leur ont souhaité la bienvenue
au régiment de Châteauvieux.
Comme ils s'étonnaient, protestaient,
ces soldats leur ont fait voir les croix et gribouillis

apposés au bas de leur capitulation.
Pendant leur sommeil, ils avaient été décorés
d'une cocarde à la veste,
preuve qu'ils avaient signé pour quatre ans.
C'est ainsi que
Gédéon Viviand,
Jacques Grosjean
et François Besançon
ont commencé malgré eux leur service à l'étranger.

En plus de ces trois-là, d'André et de Samuel,
l'escouade compte encore trois hommes.
Le premier, le caporal Joseph Boucher,
faisait partie du régiment racheté par Châteauvieux.
Il a participé à divers combats
qui datent et il s'en souvient mal.
Le fracas des canons l'a rendu sourd.
Né à Beaufort en Savoie,
il n'a pourtant que vingt-six ans.

Le deuxième se nomme Pierre Monnoye,
au service du roi de France
depuis presque aussi longtemps que le caporal.
Palefrenier, il habitait la basse-ville de Fribourg.
Par goût de l'aventure,
il voulait partir à la guerre.
C'est bien le seul de l'escouade,
ça ne lui portera pas chance.

Quant à François Harpin, dit le boiteux,
sa jambe qui traîne, oh très légèrement,
ne vient pas du champ de bataille,

mais d'une bagarre avec un Alémanique.
Avant d'être au service du roi de France,
il habitait rive gauche à Genève,
était fermier des boues.
Sa passion pour le vin lui vient-elle de là ?

Chacun trouve sa place dans l'escouade
comme dans une petite société
sans besoin de se quereller.
Du point de vue militaire,
le caporal Joseph transmet les ordres des officiers.
Du point de vue des idées,
André enseigne la Révolution genevoise
pour qu'elle tourne mieux la prochaine fois.
Dans la caserne de Rueil-Malmaison,
ces idées se discutent d'autant plus vivement
qu'à partir du printemps 1789
se déroulent en France plusieurs événements
dans lesquels d'autres régiments suisses
sont impliqués.

Début juin, quelques compatriotes désertent,
pour rejoindre les débats du Club helvétique de Paris.
Les Châteauvieux aussi s'interrogent.
Les rois sont-ils nécessaires ?
Faut-il engager sa vie pour eux ?
Les huit membres de l'escouade de Samuel
jugent sévèrement les déserteurs,
les considèrent au moins comme des aventuriers,
au pire comme des traîtres.
Pas envie de les imiter.

Les officiers expliquent aux mercenaires
qu'ils ne gagneront rien
à se mêler des nouvelles idées
qui mettent en cause l'obéissance.
Plus de vingt-quatre mille Suisses
sont actuellement au service du roi de France.
En cent septante-cinq ans, ils ont participé
à septante et une campagnes,
cent cinquante-quatre batailles
et trente sièges.
Même si la Suisse n'en a jamais eu, de roi,
quand tu as donné ta parole d'en défendre un,
tu dois aller jusqu'au bout.
Cela s'appelle le sacrifice suprême.

(1789)
LA BASTILLE

Le 5 juillet 1789,
alors qu'ils commencent à transpirer
dans leurs uniformes,
les Châteauvieux reçoivent l'ordre de
se rassembler sur le Champ-de-Mars.
Trois autres régiments suisses occupent
cette place parisienne,
quatre mille hommes
sous le commandement du baron de Besenval.
Né à Soleure, il dépend un peu du Roi
et beaucoup de la Reine,
à ce que disent les mauvaises langues.
Encore faudrait-il qu'il comprenne quelque chose
à la vie militaire, ce qui ne semble pas être le cas.
Il ne veut que sauver sa peau
et bien sûr ses privilèges.

Les rumeurs contradictoires fusent.
Difficile d'en suivre l'enchaînement.
D'abord et surtout, il y a que le pain
se fait rare et cher.
Ensuite il y a que le Roi a convoqué les États généraux
où siégeront la noblesse, le clergé et les bourgeois,
mais pas la grande masse du peuple,
privée du droit de cité.
Enfin il y a que le Roi se permet de renvoyer
son ministre des Finances,
le banquier Jacques Necker.

Sa maison se trouve à Genève, au-dessous de Choully.
Il fréquente des gens de son espèce,
plutôt fortunés et patriciens.
Il conserve pourtant
le soutien des Parisiens.
Même les plus pauvres refusent que le Roi le chasse.
Cela se passe le 11 juillet.

Le lendemain,
le bruit court dans toute la troupe que,
dans le jardin des Tuileries,
un tribun populaire mobilise une foule immense
et dénonce les régiments étrangers.
Il dit que les Suisses sont venus
pour égorger les patriotes.

Le 13 juillet, par des camarades
membres du Club helvétique,
les Châteauvieux reçoivent des nouvelles
encore plus alarmantes.
Une députation serait allée trouver le Roi
pour qu'il renvoie les Suisses
«dont la présence
irrite le désespoir du peuple».

Par ailleurs, le Genevois Hulin, trente ans,
sergent dans un régiment suisse qu'il vient de déserter,
désormais domestique chez un noble,
propose que les Parisiens s'en prennent
aux bâtiments publics que gardent les Suisses.

Pendant ce temps-là, le baron de Besenval
tient un discours confus
aux quatre régiments assemblés.
Il compte sur eux pour défendre
les biens de la Couronne.
«Cause toujours, mon baron», dit tout bas André.

Et on en arrive ainsi au fameux 14 juillet.
Pas nécessaire de le raconter,
sauf pour dire que les Châteauvieux
l'ont plutôt mal vécu.
Le matin, sur le Champ-de-Mars,
Besenval réunit les chefs des corps pour savoir
si les soldats des régiments suisses sont prêts
à tirer sur les émeutiers qui se sont emparés
d'un arsenal aux Invalides.
Trente-deux mille fusils.
Les chefs répondent qu'un tel ordre
ne serait pas exécuté.

À dix heures, face aux quatre régiments suisses,
plus de quatre-vingt mille citoyens parisiens en armes
se préparent à en découdre.
Il ne leur manque que la poudre.
Elle se trouve en barils à la prison de la Bastille
où Besenval l'a fait mettre en sûreté.

Dans les rangs helvétiques, l'arme au pied,
une vive discussion s'élève
pour savoir s'il ne vaudrait pas mieux
se mettre au service du peuple parisien.
Les accueillerait-il?

La plupart des soldats espèrent
être renvoyés dans leur caserne.

Pour renforcer la garnison de la Bastille,
Besenval envoie de l'autre côté de la Seine
le lieutenant Louis de Flüe
et trente-deux hommes du régiment de Salis.
Bon courage !
Il s'agit d'empêcher les sept derniers prisonniers
de s'évader,
mais surtout de défendre le dépôt de poudre
contre la colère populaire.
Une rumeur circule :
du grain serait aussi entreposé à la Bastille.
La foule traverse le fleuve.
Les Châteauvieux sont sommés de ne pas bouger.
Ils ne comprennent pas ce qui se passe.
Confusion.
D'abord une première délégation serait venue
négocier auprès du gouverneur de la forteresse.
Il aurait refusé de céder.

À treize heures trente,
les trente-deux hommes de Louis de Flüe
auraient reçu l'ordre d'ouvrir le feu sur les assaillants,
provoquant une centaine de morts
et de nombreux blessés.

Vers le milieu de l'après-midi,
un détachement de grenadiers rebelles,
militaires expérimentés,
conduits par le fameux Genevois Hulin,

serait arrivé sur place
avec cinq pièces de canon et un mortier.
Ils auraient visé les portes de la Bastille.

À dix-sept heures, le gouverneur et sa garnison
se seraient rendus.
Ils auraient été emmenés à l'Hôtel de Ville
pour y être jugés.
En route, plusieurs Suisses ainsi que le gouverneur
auraient été massacrés par les émeutiers.

Les quatre régiments suisses,
y compris l'escouade de Samuel,
se trouvent toujours sur le Champ-de-Mars.
Ils entendent des tirs de canon rive droite.
André rappelle à Samuel ce qui s'est passé
à Genève sept ans plus tôt.
«Et dire que nous étions du côté des insurgés.»

Par chance, à dix-huit heures,
les Suisses reçoivent l'ordre d'évacuer Paris.
À cette époque de l'année, la nuit vient tard.
Quand ils se mettent en ordre de marche,
le soleil n'est pas couché.
Les Châteauvieux quittent la capitale
par la rue du faubourg Saint-Martin et,
en six heures,
gagnent la petite ville de Claye-Souilly.

Ils sont bien accueillis,
comme si les nouvelles de Paris
ne concernaient pas les provinciaux.

Logés chez l'habitant,
ils paient un sou pour leur entretien.
Tous sont affamés, surtout François le petit,
celui qui aime terroriser le peuple.
Il crie: «Alors, canaille, amène un peu
ce que tu as caché derrière tes fagots.»
Le paysan s'exécute.
Dans chaque maison l'officier chargé
de veiller sur la conduite des soldats
se montre souvent pire qu'eux.
Ils se remplissent la panse et la vessie,
étendent de la paille dans les chambres,
se couchent plus ou moins ivres.

Le lendemain,
ils marchent par Meaux jusqu'aux bords de l'Ourcq.
Les traînards sont entassés sur des charrettes.
La troisième étape ne dure que six heures.
Puis trois jours d'arrêt.

Les troupes en profitent pour piller d'autres paysans.
Chacun bourre son havresac
de tout ce qui lui tombe sous la main:
farine, poules, canards.
Qui se montre incapable de ramener quelque butin
se fait injurier par les autres.
Quand ils visitent les villages alentour,
les Châteauvieux entendent les cris des enfants
se mêler à ceux des oies,
des cochons et des femmes affolées.
Ils inspectent écuries et poulaillers,
tordent le cou des bêtes et hop dans le sac.

Dans les jardins, ils secouent le tronc des fruitiers.
Personne n'ose protester.
Les officiers laissent faire
quand ils ne les encouragent pas,
trop contents de les éloigner de Paris.

Enfin les Châteauvieux reprennent la route,
marchent et contremarchent en pleine nuit
jusqu'à ne plus bien savoir par où ils passent.
Au petit matin, ils se retrouvent à Reims
pour un bivouac prolongé.
Une tente par escouade.
André monte la garde, Gédéon cuisine,
Jacques va chercher les provisions,
le petit François du bois
se charge de la paille avec Samuel,
François le boiteux note les dépenses.
Pierre se contente de regarder faire.
Tous, y compris le caporal Joseph Boucher,
font ménage commun, table commune,
et dorment les uns sur les autres.

Les camarades de Samuel ont compris
qu'il a l'ennui du Léman
ou alors un gros chagrin d'amoureux.
André le protège,
exige qu'on le laisse en paix.
Pas une raison pour ne pas manger depuis quatre jours.
Grâce à une explication d'André
qui lui parle de *La Nouvelle Héloïse*,
le roman de Rousseau,
Samuel découvre pourquoi Virginie

proposait que leur fille s'appelle
Héloïse.

Après deux semaines,
les Châteauvieux repartent
pour une dernière marche forcée.
Huit heures par jour pendant cinq jours et pas de répit.

À Nancy, épuisés, ils retrouvent leurs quartiers,
qu'ils n'ont finalement quittés que deux mois pour
se fatiguer à Orléans et
se faire injurier par les Parisiens.

Comme tous les régiments suisses,
celui de Châteauvieux compte
mille soixante hommes
répartis en deux bataillons.
Les troupiers se contentent d'un drap garance.
La longueur de la tunique ne peut dépasser
trois pouces de terre de l'homme agenouillé.
Chaque bataillon se divise
en huit compagnies de fusiliers
et une compagnie de grenadiers
de cinquante-sept hommes chacune,
soit un capitaine, un lieutenant, un sous-lieutenant,
trois sergents, un fourrier, un tambour,
un fifre et six escouades de huit hommes.

Les officiers portent une tunique écarlate,
les sergents et les fourriers demi-écarlate.
À la tête de chaque escouade de six soldats
se trouvent un caporal et un appointé,
par exemple Joseph Boucher et André Soret.

La doublure de tous les habits est blanche
de même que la culotte et la bordure du chapeau.
Boutons blancs, collets rouges.
Du premier mai au premier septembre,
guêtres blanches.
Les sept autres mois,
guêtres noires.

(1790)
NANCY

À Nancy,
ville de trente mille habitants,
trois régiments ont leur caserne:
deux français et un suisse.
En tout, cela fait presque deux cents officiers
et beaucoup, beaucoup de soldats.
Les Châteauvieux ont retrouvé
leur Quartier neuf, derrière le Palais ducal.

À la poste de campagne, André trouve une lettre
arrivée de Genève en son absence,
rédigée d'une belle écriture,
celle de sa vieille maman.
Il en donne lecture à voix haute
aux sept autres membres de l'escouade:

«Je t'avais raconté dans ma lettre de décembre ce qui s'était passé au théâtre quand les jeunes citoyens avaient réclamé le retour d'une actrice renvoyée pour mauvaise conduite. Après ces émeutes nous avons eu droit à un hiver si froid qu'il a même fallu trouer le Rhône pour tirer de l'eau. Et là, le gouvernement des patriciens a eu la triste idée de faire passer le prix de la livre de pain de quatre à cinq sols. Tout de suite il y a eu des attaques et des morts. Le 29 janvier, tandis que nous conduisions deux victimes au cimetière, notre cortège funèbre s'est trouvé face à des pièces d'artillerie aux mèches allumées. Nous avons continué d'avancer, les gardes se sont enfuis.

Les patriciens ont voulu répéter la manœuvre d'il y a huit ans, faire appel à la France, la Sardaigne et Berne pour une intervention militaire. Mais ces gens-là sont occupés par leurs propres sujets. Les patriciens, avec à leur tête ce fieffé Ami Lullin, ont cédé et ont été d'accord de remanier la Constitution. Nous autres de la rive droite sommes sûrs que ça ne suffira pas et nous irons jusqu'au bout. Je vais être grand-mère pour la treizième fois. Ta petite sœur Germaine a fait un enfant de plus. Comme elle en a déjà perdu deux, ce ne sera que le quatrième s'il peut vivre. Ne m'oublie pas, je me fais vieille. Je veux une fois encore te tenir dans mes bras. Ta maman.»

Ceux qui ont écouté André lire la lettre
en sont tout remués.
Il a de la chance d'avoir une mère comme celle-là.

En ce printemps 1790,
les habitants de Nancy
et les gardes nationaux recrutés sur place
organisent des fêtes pour manifester
leur soutien à la jeune Révolution française,
à l'abolition des privilèges et à toutes les mesures
que l'Assemblée nationale a prises
pour que les injustices d'avant
ne puissent plus jamais revenir.
Ces fêtes fédératives non seulement réjouissent la ville,
mais tous les bourgs d'une certaine importance.
Les officiers des Châteauvieux interdisent à leurs hommes
de fréquenter en uniforme et en armes
ces communions démocratiques.
Ils risqueraient d'être désignés comme exécuteurs
des volontés du Roi et des aristocrates.

Quand les mercenaires apprennent qu'à Paris
se prépare une grande Fête de la fédération
pour commémorer la prise de la Bastille,
ils souhaitent y envoyer une délégation.
Ils n'oublient pas le rôle du Genevois Hulin.
Et pour agir selon les règles,
ils en informent leur capitaine.
Celui-ci ne veut pas fêter le massacre
des Suisses de la Bastille.

Des discussions s'engagent,
les détails n'en sont pas connus.
Mais à la fin, un lieutenant dirige
la délégation officielle du régiment.
Samuel s'arrange pour être celui
qui portera le drapeau des Châteauvieux.

Pour aller de Nancy à Paris,
même en berline, les routes sont si mauvaises
qu'il faut huit jours.
La délégation arrive juste à temps.

Le 14 juillet dans la capitale,
il pleut toute la journée.
Les uniformes sont trempés,
les trois cent mille personnes qui assistent aux défilés,
de neuf heures du matin à cinq heures du soir,
ne sont pas que joyeuses.
Samuel qui défile avec l'étendard
n'apprécie ni le *Te Deum*
ni le discours de La Fayette
dont il découvre les idées aristocratiques.

De retour à Nancy,
il apporte un exemplaire de *L'Ami du Peuple*,
signé du dénommé Marat,
un médecin d'autant plus clairvoyant
que né dans la Principauté de Neuchâtel.
À propos de la Fête de la fédération, il a écrit:

«Pourquoi cette joie effrénée?
Pourquoi ces témoignages stupides d'allégresse?
La Révolution n'a été encore
qu'un songe douloureux pour le peuple.»

Samuel partage cet avis.
Pour faire triompher les belles idées de changement,
des efforts considérables sont encore nécessaires.
À Paris, il a discuté avec des compatriotes,
notamment des Vaudois
qui s'ennuient du même lac que lui.
Ils lui parlent de leur héros,
un fils de pasteur décapité par les Bernois.
Ils sont aussi d'avis que deux choses au moins
sont à réformer dans les régiments suisses.
Premièrement,
la discipline à la prussienne n'est plus de mise,
les officiers doivent changer leur comportement
arbitraire et aristocratique.
Deuxièmement,
ils doivent rendre aux soldats
des comptes réguliers,
ne pas s'enrichir à leurs dépens.

Après le retour de Samuel à Nancy,
André et lui sont invités en secret
par un comité de soldats
et de sous-officiers du régiment d'infanterie du Roi.
Il se nomme fièrement
Société de la paix et de la constitution.
La discussion porte sur le paiement
des salaires à la troupe.
Il est convenu, promis, juré, que
chacun des trois régiments en garnison
demandera des comptes
et vérifiera que les officiers
paient bien tous les retards de soldes.

Pour décider de la meilleure manière
de faire aboutir leurs revendications,
les Châteauvieux créent eux aussi
un comité de soldats.

Le 10 août 1790,
sur la promenade publique de la Pépinière,
se forme un attroupement
d'uniformes suisses et français
qui échangent les bonnes nouvelles de la Révolution.
Mais voilà que le lieutenant-colonel de Merian,
chef en l'absence du propriétaire
Lullin de Châteauvieux,
vient se mêler aux conversations
comme il ne l'a jamais fait.
André Soret qu'aucun officier n'impressionne
lui explique poliment que les soldats de son régiment
refusent désormais la discipline vexatoire et que,

«par ailleurs, mon colonel,
nos officiers ne nous ont toujours pas payé le bois
que nous avons dû acheter
quand nous fûmes à Orléans.»

Sur ce point, le lieutenant-colonel donne raison
à l'appointé André Soret.
Il dit que cet argent, les soldats y ont droit et que,
s'il n'est pas remis le 15 septembre,
les capitaines en feront l'avance à leurs compagnies.
Sur ce, M. de Merian déclare qu'il interdit
avec effet immédiat
tout attroupement de soldats.

Les Châteauvieux se retirent dans leur caserne.

(1790)
LA RÉBELLION

Le lendemain à neuf heures,
le régiment est convoqué
dans la cour du Grand Quartier.
Il forme le bataillon carré et M. de Merian,
informé on ne sait comment,
ordonne deux pas en avant à l'une des compagnies.
Il appelle deux grenadiers,
Émery et Delisle,
leur commande de mettre bas les armes.
Le grand juge du régiment reçoit l'ordre de procéder,
assisté de deux officiers nommés commissaires.
Les fourriers visitent le havresac des deux suspects,
y trouvent les papiers du comité de soldats.
M. de Merian les accuse du crime de sédition,
ce qui vaut la peine de mort.

À ces mots s'élève parmi les Châteauvieux
un murmure que chacun fait la bouche fermée
pour qu'on ne puisse discerner d'où il vient.
Les officiers sont inquiets.
Le lieutenant-colonel se rend compte que
la troupe n'admettra pas cette sentence.
Sur le moment il ruse,
dit que le conseil supérieur des capitaines
doit encore examiner le délit.

Tandis que le conseil délibère,
le régiment reste assemblé en carré.

M. de Merian revient,
annonce la conversion de la peine de mort.
Émery et Delille sont condamnés à
passer dix tours par les courroies par cent hommes,
d'avoir les cheveux coupés et
d'être chassés comme indignes de servir le Roi.
Le supplice doit être administré en public
sur la promenade de la Pépinière.
La foule vient nombreuse et cent Châteauvieux
sont disposés sur deux files entre lesquelles
les deux condamnés devront passer torse nu.

Au lieu de les meurtrir,
les coups portés sont
trop faibles pour que le sang coule.
Les officiers enragent.
Les coupables sont emmenés en prison
et le bataillon rentre à la Citadelle.
Sur son parcours,
le major est insulté
par les habitants de Nancy qui n'aiment pas
ce genre de cruauté.

Le même jour, dans le régiment d'infanterie du Roi,
les soldats forcent leur trésorier
à rendre des comptes et,
pour s'assurer de leur dû,
transportent en lieu sûr le coffre-fort
qui contient les feuilles de solde et l'argent.

De Noue, gouverneur de la place,
annonce aux officiers qu'il va proclamer la loi martiale.

Il n'en aura pas l'occasion.
Dans la nuit, les comités de soldats
le chassent de la ville.
Et par un acte héroïque,
ils libèrent les deux Châteauvieux.

Le 12 août à quatre heures du matin,
le tambour qui bat la générale appelle
toute la garnison sur la Place royale.
Les Châteauvieux fêtent là leur triomphe.
Sorti de prison, Émery a été placé
tout devant, dans la première compagnie
des grenadiers de l'infanterie du Roi.
Mieux encore, Delisle se trouve
avec son uniforme de Châteauvieux
sur un cheval à côté du drapeau
du premier escadron des Mestre-de-Camp.
Ainsi ces deux mercenaires suisses sont à l'abri
auprès des régiments français.
Ils leur font faire le tour de la place.
La foule crie des «Vive la liberté!»
C'est l'élan de la Révolution.

Les officiers Châteauvieux n'en mènent pas large,
courent se réunir dans une chambre du Pavillon.
Les soldats ont l'idée de leur rendre visite
et de les enfermer, disant pour rire
que les sentinelles les protègent de la colère du peuple,
et qu'ils pourront ainsi réfléchir
aux réclamations qui concernent
leur insupportable discipline prussienne
et les arriérés de solde.

Les citoyens soldats des deux régiments français
viennent prêter main-forte aux Châteauvieux
qui retiennent leurs officiers.
Pour faire le fier, M. de Merian sort son sabre.
André Soret se précipite et,
rien qu'avec des mots,
le dissuade d'en user.
Quand l'officier se calme, il lui dit qu'il faut rétablir
l'honneur des deux soldats passés par les courroies,
et payer cent louis pour chacun d'eux.

Pour chercher cette somme,
le lieutenant-colonel est obligé
d'envoyer en ville l'officier
chargé du détail du régiment.
Une garde de six soldats l'accompagne.
Enfin l'argent arrive
pour les deux anciens prisonniers.

Il s'agit maintenant de dresser des comptes exacts.
Les Châteauvieux ont été grugés si souvent
qu'ils prennent cette fois le soin nécessaire.
Ils désignent des soldats expérimentés :
Cerisier, Beck, Chibler, Huntziker et André Soret
seront leurs députés pour cette tâche difficile.
Ils s'y mettront par écrit et jusque dans les détails.
Ils ouvriront les livres de recettes, les contrats,
les capitulations.
Les officiers s'y entendent
pour brouiller les écritures,
pour faire glisser dans leurs poches
et dans celles du marquis de Châteauvieux
l'argent dû aux soldats.

Enfin le vendredi 13, à six heures du matin,
le régiment forme le bataillon carré
dans la cour du quartier.
Le commandant et les capitaines
y sont conduits sous bonne escorte.
On dirait une grande assemblée révolutionnaire
avec, en plus, des représentants
des deux régiments français
et quelques citoyens de la ville.
André Soret lit ses arguments et conclut:
«Les soldats ont été grugés
de deux cent trente mille livres.»
Ensuite la parole est donnée aux officiers,
mais leurs mensonges apparaissent si évidents
que certains Châteauvieux veulent leur faire la peau.
Les réviseurs des comptes disent
qu'on n'arrivera à rien par la violence,
ils font une proposition.
Les officiers paient sur le champ
vingt-sept mille livres,
ils auront jusqu'au premier septembre
pour réunir le reste.

Devant la détermination de tous,
que peut la mauvaise foi des officiers?
Ils cèdent, ils signent.
Et comme le comité de soldats
a bien préparé les choses,
l'argent est distribué dans l'heure qui suit.
Les officiers sont consignés sous bonne garde
dans leurs appartements
en attendant qu'ils paient le reste.

Après cette première réussite,
les soldats vont fêter en ville.
Faute de place dans les cabarets,
ils font éclater leur joie jusque dans la campagne.
Ah la belle kermesse populaire !
Soldats de Châteauvieux,
cavaliers de Mestre-de-Camp,
gardes nationaux,
soldats de l'infanterie du Roi,
femmes, enfants, le peuple,
partout on danse.

Même Samuel en oublie sa peine.
Avec Virginie, ils avaient l'habitude
de se donner rendez-vous en fin de journée.
S'il faisait beau, ils commençaient par
une promenade jusqu'à l'étonnant rocher,
sinon ils se rendaient chez Virginie
ou plutôt chez sa tante
qui leur préparait une soupe
avant de se retirer pour laisser seuls les amoureux.

Ils inventaient des caresses,
certains que personne n'en avait jamais conçu
de pareilles.
Ils se parlaient à voix très basse,
parfois ce n'était qu'un miaulement
qu'ils n'avaient pas à déchiffrer.
Ils se racontaient leurs journées,
les mots entendus ailleurs,
leurs pensées mélancoliques,
les élans qu'ils avaient dû retenir

quand ils s'étaient croisés
par hasard
à la laiterie ou sur le port.

Toujours ils avaient des choses agréables à se dire.
Samuel essayait de parler de sentiments.
Les siens lui semblaient simples,
tandis que ceux de Virginie,
avec son amour du Léman,
lui paraissaient une provocation.

Les aristocrates des beaux quartiers
se terrent chez eux.
Sous bonne garde, les officiers
ont tout loisir de ruminer leur sort.
Les soldats acceptent d'envoyer
le capitaine Perret pour réunir l'argent
non pas d'une rançon, mais d'une dette.
Il part au grand galop direction Genève
pour se faire remettre la somme
par le colonel-propriétaire,
Jacques-André Lullin de Châteauvieux.

Pendant ce temps,
dans les deux régiments français aussi,
les livres de comptes sont ouverts et détaillés.
Il apparaît clairement
que les officiers du Roi trouvent moyen
de ne pas rémunérer correctement leurs troupes.
Pour faire part de leurs griefs,
les citoyens soldats envoient donc
huit émissaires à l'Assemblée nationale.

Arrivés à Paris,
ces émissaires sont emprisonnés et l'Assemblée,
trompée par de rusés aristocrates,
mande à Nancy un réviseur des comptes
en la personne du général de Malsaigne,
gouverneur de Besançon.
Manœuvre dilatoire.

Le 24 août seulement
Malsaigne arrive à Nancy d'où,
vu son attitude arrogante,
il ne tarde pas à être chassé par les soldats révoltés.
Les Châteauvieux attendent toujours
le retour de Perret avec l'argent.
Tant qu'ils n'auront pas été payés,
ils ne relâcheront pas leurs officiers.
Sur la promenade de la Pépinière,
ils tiennent une assemblée révolutionnaire.
L'attente dure.
Les aristocrates et leurs familles quittent la ville.

Pour faire passer le temps,
l'escouade de Samuel se réunit à l'ombre d'un tilleul
où chacun est invité à dire le nom
d'un vent soufflant sur le Léman.
Samuel en parle avec conviction.
C'est sa manière d'évoquer
Virginie
sans jamais la nommer.
Pour les autres c'est un passe-temps.

Il aime se souvenir de celui qui
s'appelle vent tout court.
Quand il inscrit sur l'horizon
sa barre indigo ou noire,
il fait ressembler le Léman à la mer
où roulent de lourdes vagues
comme les anneaux d'un reptile.
C'est le plus régulier, le moins capricieux
de tous les souffles que se dispute le Léman.
Parfois il doit s'imposer face à la vaudaire
que les pêcheurs n'aiment pas.
Elle a de nombreux morts sur la conscience,
lutte contre le vent qui remonte depuis le petit lac.
Tantôt la vaudaire l'emporte, tantôt le vent.
À leur rencontre, la bataille ressemble à celle
de deux taureaux luttant front contre front.
Quand les frères ennemis reculent
d'Évian à l'embouchure du Rhône,
les vagues deviennent folles,
hérissées, pointues,
incertaines, agressives.
Quand la bataille se déroule
à un ou deux kilomètres de l'embouchure,
une trombe tournoyante et grise s'arrache des flots.
Ah quel spectacle !

Le samedi 31 avant l'aube,
les soldats sont informés que le marquis de Bouillé,
commandant de l'armée de l'Est,
aux ordres de son cousin La Fayette,
marche sur Nancy.
Sa troupe de cinq mille hommes comprend

les gardes nationaux de Metz,
mille cinq cents chevaux
et trois bataillons helvétiques.
Deux d'entre eux viennent du régiment Castella,
fribourgeois,
un autre du régiment Vigier,
soleurois.
Samuel, André et la plupart des Châteauvieux
pensent n'avoir rien à craindre
de ces mercenaires compatriotes
bien qu'ils soient de langue allemande et catholiques.
Mais c'est compter sans la fourberie des officiers
qui se gardent bien
d'expliquer la situation.

Devant le nombre et la puissance des canons,
les hommes des régiments de Mestre-de-Camp
et de l'infanterie du Roi décident de sortir de la ville
pour éviter l'affrontement avec des concitoyens.

Les Châteauvieux refusent de libérer leurs officiers.
Tant que les comptes ne seront pas soldés,
ils resteront dans la place.
Il s'agit de la réparation d'une injustice
et pas seulement d'argent.

(1790)
LA RÉPRESSION

À l'aube du vendredi 31 août 1790,
les Châteauvieux se préparent
à vendre chèrement leur peau.

André a peur que Samuel, s'il participe aux combats,
n'en profite pour se mettre en danger
à cause de sa peine profonde.
Il lui ordonne donc
de retenir les officiers dans leur chambre.
Ceux-ci se réjouissent
de l'arrivée des troupes de Bouillé,
mais craignent de servir d'otages.
Samuel essaie de leur faire entendre raison.
Pour que les Châteauvieux ne touchent
à aucun de leurs cheveux,
ils doivent intervenir auprès du marquis de Bouillé.
Certains d'entre eux semblent comprendre,
ne veulent pas d'un affrontement
entre mercenaires suisses
où les régiments Castella et Vigier
tireraient sur les Châteauvieux.

M. de Merian, le lieutenant-colonel,
ne peut pas imaginer
que ses propres soldats attentent à sa vie.
À Samuel il dit:
«Vous autres, vous n'êtes que chair à canon,
vous n'en réchapperez pas,

même si vous vous rendez,
vous serez pendus.»

Hélas, il n'est plus temps de négocier
quand s'entendent déjà
les premiers coups de canon dans les faubourgs.
Parmi ceux qui gardent les officiers,
quelqu'un a l'idée
d'en passer un par les armes toutes les heures:
«Nous promènerons sa tête au bout d'une pique
et verrons bien s'ils continuent de se moquer de nous.»
Samuel peine à calmer son camarade.

Pendant ce temps,
Gédéon et Jacques,
pour qui ce sera le baptême du feu,
se rendent avec une centaine de jeunes soldats
près de la porte par où doit arriver
un détachement des troupes de Bouillé.
Un caporal expert dans l'art de la guerre
indique comment obstruer le passage
avec des matériaux qui ne s'enflamment pas trop vite.
Les Châteauvieux prennent position
après avoir allumé les mèches.

Juché sur une colonne, Jacques voit le premier
pointer la ligne des assaillants,
constituée de soldats qui portent
comme lui l'uniforme rouge
des Suisses au service du roi de France.
Un vieux grenadier qui s'y connaît dit:
«Ce sera une lutte fratricide.

Comme à Marignan,
avec des Suisses des deux côtés.
Chacun voudra faire le brave.
Ou comme à Malplaquet
où les Suisses se trouvaient à la fois
du côté anglais et du côté français.
Après huit heures d'une terrible bataille,
huit mille Suisses s'étaient entretués.»

Le caporal Joseph est introuvable.
Son imposante stature
devrait se remarquer.
Il ne peut avoir déserté.
Personne ne l'a vu.
Plus tard on saura:
avec une dizaine d'hommes,
il organise une sortie pour
une manœuvre de diversion,
prenant l'assaillant à revers.
Il sait qu'une fois sa colonne repérée
elle sera anéantie.
Plusieurs fois il a essuyé le feu ennemi,
s'est toujours comporté en brave,
a mené des assauts improbables,
sauvé les siens.
Il a vendu sa vie à la guerre.
À vingt-sept ans, il n'en fait plus grand cas,
même s'il ne tient pas à la sacrifier
à ses anciens camarades du régiment Castella.
Il a porté leur uniforme,
tunique rouge sur culotte blanche et boutons luisants,
presque celui des Châteauvieux.

Il a passé six ans chez les Fribourgeois
avant de signer
le billet d'enrôlement des Châteauvieux.
Il compte sur la ressemblance des uniformes
pour ne pas être repéré trop vite.
Il visera les officiers plutôt que
ses ci-devant compagnons d'armes.
André qui ne veut pas le laisser seul
se précipite derrière lui.

Les deux François prennent position
derrière une meurtrière des remparts.

Pierre prévoit de s'occuper des blessés.
Le courage n'est pas son fort.

À peine un millier de défenseurs
contre cinq mille assaillants !
Ceux qui ont des enfants en bas âge
ou des amoureuses restées au pays
sont encouragés à déserter par les portes arrière.
Dernier moment !
Personne ne leur en voudra.
De même à ceux qui,
blancs de peur à l'approche du dénouement,
salissent leur pantalon.
Ils sont poussés vers les sorties.
La pitié ne mène à rien.
Pour se battre ne sert que la cruauté.
Une bonne centaine de Châteauvieux
laissent sur place leur uniforme
pour courir vers la campagne environnante.

Aucune négociation,
aucune délégation,
pas de sommation !
Le régiment Vigier reçoit l'ordre
de viser les tuniques rouges de ses frères.
Après une heure de feu nourri,
le régiment Castella est lancé à l'attaque,
baïonnette au canon.
Les Châteauvieux se défendent à l'arme blanche
autour de leurs pauvres barricades.

Les gardes nationaux de Metz sont en réserve.
Le marquis de Bouillé veut éviter
qu'ils n'affrontent leurs concitoyens.
Il n'a pas non plus prévu de faire trop de prisonniers
parmi les Suisses séditieux.
Et tant pis si l'opération risque de tourner
au carnage des habitants.
Une fois entrés dans la cité,
certains capitaines du régiment Castella
poussent leurs hommes à la chasse,
comme dans une ville offerte au pillage.
Leurs escouades s'attaquent
à des vieillards sans défense,
à des gamins qui leur lancent des cailloux.

Le soir venu,
les Châteauvieux survivants,
tous prisonniers,
s'entassent dans la cour de leur caserne.
La plupart des absents doivent être considérés
comme morts ou à l'agonie.

Heureux ceux qui
ont pu se cacher.
Joseph et André racontent à voix basse
comment ils ont pris
leurs frères d'armes à revers.
Seuls rescapés de la colonne,
ils ont tenu jusqu'à midi,
malgré l'avant-bras de Joseph
transpercé par la mitraille.

D'autres comme Jacques et Gédéon
continuent de trembler,
c'était leur premier engagement au feu.
Autour d'eux,
les balles ont sifflé,
ils ont vu leurs camarades éventrés.

Sur les remparts, les deux François,
le petit et le boiteux,
ont tenu longtemps la position
jusqu'à ce que le petit,
touché en pleine poitrine,
soit précipité dans le vide.
Par miracle, il s'en sort vivant,
à peine égratigné.

Jusqu'à la fin, Samuel a empêché
que les officiers de Châteauvieux soient exécutés.
Quand les Castella sont entrés dans la citadelle,
il s'est porté en avant pour éviter un bain de sang.
En se constituant prisonnier,
il a sauvé la vie des officiers.

«Tu aurais dû leur faire payer,
lui lance un blessé couvert de sang.
Au moins nous serions vengés,
parce que maintenant ils vont nous pendre.»

Le lendemain pour la première fois,
les Châteauvieux ont droit
à une distribution d'eau et de pain.
Ils sont encore quatre ou cinq centaines au lieu de mille.
Plus de trois cents d'entre eux ont péri dans l'assaut
et les tueries d'après.
Plusieurs sont blessés grièvement,
leurs gémissements fendent l'âme.
Pendant la nuit, quatre Châteauvieux
meurent de leurs blessures
sans qu'aucun soin leur soit apporté.

Ils sont enfermés dans la cour,
gardés par leurs compatriotes dont certains
ne peuvent s'empêcher de témoigner
des marques de sympathie.
André, reconnu par un Castella,
ancien compagnon de chambrée,
apprend que dans la ville
sont placardées des affiches.
Le conseil général de la ville de Nancy
interdit aux habitants de cacher des soldats insurgés.
Il ordonne un deuil public,
suivi d'un service solennel en la cathédrale
pour le repos des âmes de tous ceux qui,
dévoués au rétablissement de l'ordre
et de la tranquillité publique, ont péri.

Le surlendemain,
le conseil supérieur des capitaines,
issu des deux régiments suisses attaquants,
forme un conseil de guerre pour juger les rebelles.
Il est dirigé par le lieutenant-colonel
François-Samuel de Girardier,
commandant du régiment Castella.
Les prisonniers sont emmenés un par un dans les fers
devant une table d'officiers
qui leur posent une ou deux questions.
L'un des gradés joue le procureur,
comme s'il savait la nature exacte de chaque délit.

À la fin de la journée,
le conseil de guerre condamne à mort
cent trente-huit Châteauvieux.

Le 4 septembre 1790,
alors qu'ils s'attendent à être tous exécutés,
ils sont encore une fois présentés un à un au conseil.
Les officiers de Châteauvieux
ne veulent pas perdre trop d'hommes,
ce qui les priverait d'une partie de leurs revenus.
Au retour de l'audition, chacun annonce
la sentence à ses camarades.
La peine de septante-deux d'entre eux
est convertie en années de prison.
Vingt et un Châteauvieux sont condamnés à la pendaison.
Parmi eux, leurs députés,
signataires des revendications:
Beck,
Cerisier,

Chibler,
Huntziker.

Quand vient le tour de Samuel Bouchaye,
le lieutenant-colonel l'accuse de rébellion armée.
Plusieurs officiers lui en veulent
d'avoir été témoin de leur peur.
Ils sont allés jusqu'à le supplier de les relâcher
contre de l'argent.
Il leur a pourtant sauvé la vie.
Samuel n'a pas le temps de s'expliquer,
condamné sur le champ
à trente ans de bagne.
Ça vaut mieux que la pendaison.

Dans l'après-midi comparaît Gédéon Viviand.
Sentence: trente ans de bagne.
Pierre Monnoye,
François Harpin
et François Besançon
sont au même tarif.
On craignait la potence pour le caporal Joseph Boucher.
Sa surdité l'a empêché
de comprendre sa condamnation.
Il a fallu lui répéter qu'il ne serait pas pendu.
Il en reste tout étonné.

Au sujet d'André Soret, le conseil se divise.
Un capitaine de Vigier qui l'a reconnu
plaide pour qu'il soit gracié,
rappelant une bataille contre les Prussiens
où André s'était illustré en volant leur enseigne,

sauvant la vie de son capitaine.
André hésite à leur cracher son mépris à la figure.

Le pire de ses juges, François-Pierre Amey,
sous-lieutenant fribourgeois d'à peine vingt-deux ans,
suggère qu'André ne soit pas
seulement pendu, mais roué sur la place publique.
Ses collègues lui font valoir qu'en France
la pratique de ce supplice est condamnée
depuis longtemps.
Amey insiste,
les soldats mercenaires dépendent de la loi suisse,
il faut en profiter pour terrifier les autres
par une cruauté exemplaire.
Il dit que
le marquis Lullin de Châteauvieux lui-même,
arrivé hier, recommande la plus grande sévérité.
Il emporte la décision:
L'appointé André Soret sera
roué vif sur la place publique.

Au lieu de s'écrouler face à ses juges,
André fait tinter ses chaînes
et récite une repartie qui lui vient de Rousseau:

«Les riches sont des loups affamés qui, ayant une
fois goûté de la chair humaine, rebutent toute autre
nourriture et ne veulent que dévorer des hommes.»

(1790)
LE SUPPLICE

La place du Palais n'est pas la plus grande de Nancy,
mais permet aux aristocrates
d'exhiber leur pouvoir aux yeux du peuple.
Bouillé et ses lieutenants y font installer
les instruments du supplice.
Pendant la nuit, les artisans de la ville
ont été chargés de construire deux rangées de gibets,
dix le long de la façade est,
onze le long de la façade ouest.
Au milieu de la place,
sur une estrade de bois de cinq pieds de haut,
les instruments de torture sont préparés:
une croix faite de deux poutres
pour attacher le condamné
et une roue de char pour son agonie.
Elle est disposée à l'horizontale,
plantée en son centre sur un pieu à hauteur d'homme.

Pour contenir les curieux
qui se pressent le long des façades,
le dispositif est entouré d'une haie
de Suisses de Castella et Vigier
en uniforme d'apparat.

Avant le lever du soleil,
les condamnés arrivent sur place,
les pieds entravés de chaînes
qu'ils peinent à tirer.

Ils sont placés au pied d'un gibet,
à chaque fois deux hommes
en plus de celui qui sera pendu.

Les sentences ont été calculées
en fonction d'un spectacle macabre.
Il y aura vingt et un pendus,
un condamné à la roue
et quarante et un futurs bagnards,
donc soixante-trois condamnés.
Pour la théâtralité de l'exécution,
ils sont trois sous chacun des vingt et un gibets
qui entourent un échafaud au centre de la place
où André subira son supplice.

À l'arrivée des officiers,
les détachements helvétiques présentent les armes.
Un murmure s'élève de la foule.
Le président du tribunal lit
la sentence du conseil de guerre,
accompagnée des nom,
date de naissance et nom des parents.
À la fin,
il s'adresse à la foule pour menacer:
«Quiconque protestera finira sur l'échafaud.»

Le bourreau s'approche du premier gibet,
le plus au sud.
Il attache les mains du condamné dans son dos.
Juché sur une échelle,
il fixe la corde à la potence.
Alors seulement

les fers des pieds sont détachés.
Le condamné doit monter sur un escabeau.
Un prêtre, visage à demi masqué,
plus noir que le bourreau,
fait un signe de croix.
C'est le signal,
l'escabeau est retiré
ou plutôt bousculé d'un coup de pied.
Le nœud coulant serre le cou de l'homme
qui ouvre encore les yeux pour dire adieu.
Après un ultime tressaillement,
il pend de toute sa misère.
Le silence absolu n'est troublé
que par le piaffement des chevaux.

Déjà le bourreau et le prêtre se dirigent
vers le gibet suivant,
accompagnés de trois aides :
celui qui porte l'échelle,
celui qui porte l'escabeau
et le serrurier chargé de récupérer les chaînes.
La scène macabre se répète.
À chaque fois au pied du gibet,
le condamné à mort n'est délivré de ses entraves
que dans sa dernière minute de vie.

Quand vient le tour du groupe de trois Châteauvieux
où se trouve Samuel,
c'est lui qui s'avance pour se faire pendre.
Il y a un moment de confusion
parce que le condamné à mort laisse d'abord faire.
Ça ne dure qu'un instant.

Samuel, il le dira plus tard,
voulait se substituer à Huntziker.
Il pense que de toute façon il ne reverra
ni Virginie
ni le rocher de Meillerie
ni le Léman,
tandis que Huntziker,
signataire des revendications,
mérite de vivre.
Mais le prêtre a vu la manœuvre.
Huntziker se laisse entraîner.
Juste avant que l'escabeau soit bousculé,
il a le temps de tourner son visage vers Samuel.
Puis il se fige et sa langue sort de sa bouche.
Samuel n'oubliera pas.

Dans le prochain groupe se trouvent Gédéon
et un autre futur pendu,
Chibler, paralysé par la peur.
On voit qu'il voudrait dire quelque chose à voix basse
sans y parvenir.
Plusieurs fois il commence sa phrase :
«Il faudra dire…», sans pouvoir aller plus loin.

Puis vient le plus pénible,
le supplice d'André Soret.
Vingt et un Châteauvieux sont maintenant pendus.
Le bourreau gravit seul
les marches de bois de l'échafaud
dans un silence si pesant qu'on entend
les planches grincer.
Il porte une lourde barre de fer carrée,

large d'un pouce et demi,
arrondie par un bouton à la poignée.
Il retrousse ses manches
pour indiquer qu'il va se mettre au travail,
fait signe à ses deux aides qui ont amené André
en bas des marches.
Le prêtre encapuchonné à ses côtés
lui murmure quelque chose à l'oreille.
André a l'air de lui répondre.
On n'entend que la fin de sa phrase: «Non.»
Il a sans doute exigé de monter seul les quatre marches.
Il n'est plus entravé,
ne porte qu'une chemise et une culotte.
Pour le reste,
il est nu.

Arrivé sur l'estrade, il se retourne
de manière à lancer aux siens un ultime regard.
Pendant la nuit, il a dit à Samuel qu'il regrettait
de ne pouvoir saluer une dernière fois
sa famille et la bise noire du Léman.

Le silence est tel qu'on peut entendre
aux quatre coins de la place
les instructions du bourreau.
André se couche sur le dos,
bras et jambes écartées sur la croix
faite de deux solives disposées à angle droit,
à la manière d'une croix suisse.
Le bourreau fixe les lanières de cuir,
d'abord à hauteur des genoux et des coudes,
puis quatre autres aux épaules

et vers le haut des cuisses.
La tête d'André pend en arrière,
tournée vers le ciel.
Le bourreau, soulève sa lourde barre,
prend le temps de bien viser.
Alors le silence devient horrible,
on entend un à un
le craquement des articulations
qui éclatent sous le choc.

À chaque coup, André pousse un hurlement de bête.
Le bourreau fracasse les jointures
comme s'il abattait un sapin jurassien.
D'abord les coudes,
puis les épaules,
puis les genoux,
puis les hanches.
Huit coups définitifs.
Selon la procédure, il a droit de porter onze coups.
Pour les trois qui restent,
il vise deux fois la poitrine pour casser les côtes,
le dernier sur l'estomac.
Et là, pas un hurlement,
mais une longue plainte
qui fait se rebiffer les chevaux sur la place.

Les deux aides montent sur l'échafaud et,
à trois, détachent André,
le déposent sur la roue sans l'attacher.
Ses bras et ses jambes repliées pendent dans le vide,
la tête aussi, avec ses longs cheveux défaits
qui tombent comme la queue d'un cheval.

Les os brisés traversent ses chairs.
Un gémissement continu sort de la bouche d'André,
ouverte sur un filet de sang
qui se mêle à ses cheveux.

Tous les yeux sont tournés vers lui,
on voudrait abréger ses souffrances,
pas question.
Les officiers se retirent,
la foule s'approche des pendus,
les Châteauvieux encore vivants
sont enchaînés les uns aux autres,
emmenés à la caserne.
Ces quarante et un-là ne sont bons
que pour le bagne.

Vers midi,
un gardien laisse entendre
qu'André vit toujours après six heures d'agonie,
mais il ne geint plus.

Vers le soir,
ils apprennent qu'il a demandé à être étranglé,
mais qu'Amey lui a refusé cette grâce.
Personne ne réussit à penser à autre chose.
Personne ne touche à la soupe.
La nuit dure, mais à l'aube,
un geôlier, moins mauvais que les autres,
vient dire qu'André Soret a pu enfin
pousser son dernier soupir.

Cette scène,
la tête qui pend, les ossements à vif,
et le sang qui goutte,
les Châteauvieux en parleront souvent entre eux
pour conjurer son image.
Elle ne s’effacera jamais.

(1791)
LE BAGNE

Ils ne sont plus que sept de l'escouade
et trente-quatre autres Châteauvieux
à partir pour Brest,
les fers au pied.
Ils rejoignent d'abord Besançon,
assis sur deux longues charrettes
d'où pendent leurs jambes.
Ils dorment en plein air, ça va, c'est encore l'été.

Après six jours de route,
ils sont parqués au fort de la ville.
Les gardiens ne sont pas tendres,
ils attendent l'arrivée d'autres condamnés
destinés au bagne de Brest.
Certains d'entre les Châteauvieux sont restés muets,
abrutis d'avoir été sous le gibet
de leurs camarades.
D'autres ressassent les dernières paroles
ou le silence des pendus.
Celui qui a cité la Bible,
celui qui a craché son ultime glaire
contre cet horrible propriétaire,
ceux qui ont fermé les yeux,
celui qui a dit un nom de femme
en un dernier rictus.
Aucun d'entre eux n'a crié pitié.
Ni demandé pardon aux officiers.
«La guerre t'apprend à mourir, dit Gédéon,
pas à survivre.»

Les gardiens du fort rapportent qu'en bas dans la ville,
l'agitation révolutionnaire s'amplifie.
Eux-mêmes ne sont plus certains de leurs privilèges.
L'un deux,
impressionné parce que certains prisonniers
viennent de Genève,
veut se faire raconter la révolution démocratique.
Ce gardien, convoqué par son chef
après l'extinction des feux,
ne se montrera plus.
Sans doute renvoyé.

Quand les condamnés sont assez nombreux
pour constituer une chaîne
d'au moins trois cents bagnards,
le transporteur les recense encore une fois.
Il a deux mois pour emmener jusqu'à Brest
sa *marchandise*, comme l'appelle son contrat.
Pour éviter les évasions,
les uniformes sont retirés,
remplacés par des habits auxquels sont ôtés les bords,
ceux des chapeaux et des collets
sous prétexte qu'ils sont de cuir.

Les argousins,
nouveaux gardes de la chaîne,
les prennent en charge.
La plupart d'entre eux sont des Auvergnats,
porteurs d'eau ou charbonniers,
exerçant leur profession
quand ils ne surveillent pas la *marchandise*.
Elle est appareillée
par une chaîne de six pieds

qui réunit vingt-six condamnés.
Ils sont fixés à la chaîne par la cravate,
un triangle de fer autour du cou,
rivé à froid sur l'enclume.
Ils n'en seront débarrassés qu'à l'arrivée.
À la fin du ferrement, les chevaux de retour,
c'est-à-dire les forçats évadés et repris,
jouent les boute-en-train,
entonnent le chant qu'il faut
pour se donner du courage:

«La chaîne c'est la grêle
Mais c'est égal
Ça n'fait pas de mal
Nous aurions tort de nous plaindre
Nous sommes des enfants gâtés
Et c'est crainte de nous perdre
Que l'on nous tient enchaînés.»

Le lendemain, départ:
Dijon, Orléans, Saumur.
Pour que les gens les voient passer,
les forçats de la Grande Boucle traversent chaque bourg.
Les gamins les fixent avec frayeur.
Des parents disent:
«Tu vois pourquoi tu dois obéir.»
Il arrive aussi qu'une spectatrice leur glisse un billet
à faire tenir à Brest pour l'un des siens
s'il est encore vivant.

Pour les repas, chaque cordon forme un cercle
et la soupe est distribuée en rond.
C'est le moment de s'informer,

de faire connaissance.
Ceux qui ne sont pas des Suisses de Châteauvieux
viennent de différentes régions.
Personne ne te demande
de quels crimes tu es coupable,
mais seulement comment il faut t'appeler
et la durée de ta peine.
Ceux qui sont condamnés à perpétuité
portent la marque d'infamie,
brûlée au fer sur l'épaule droite.
On les dit flétris.

Au bout d'un mois, plusieurs forçats sont malades,
aucun n'est détaché,
même quand il tombe d'épuisement.
Celui qui le précède et celui qui le suit
doivent le porter.
Quand l'un de ces malades meurt,
le transporteur s'énerve, mais ça fait un jour de repos,
le temps qu'un médecin et trois gendarmes
viennent constater le décès
et corrigent officiellement la liste.
S'il y manquait un seul nom,
le transporteur ne serait pas payé.

Pendant ce voyage forcé,
un sur dix ne survit pas.
Il paraît que certains meurent de chagrin d'amour,
tel ce Paul,
dont chaque prisonnier connaît la triste histoire,
de sorte que Samuel repense à Virginie
et aux vents du Léman dont lui parlait André.

À Meillerie, on attend le rebat,
une brise d'été sur le haut lac.
Sur le petit lac, elle s'appelle séchard.
Le rebat souffle pendant les journées légères,
dérobant le parfum des foins coupés.
Il secoue la paresse du soleil
et sème sur l'étendue les cloches du dimanche.
De nuit, à l'extrémité est du Léman,
la marinée vient du couloir de Marin.

Samuel se souvient aussi de la bise
que les bateliers nomment la dame
en souvenir de Notre-Dame de Lausanne.
Avec elle, pendant des jours et des nuits,
le Léman gronde de Nyon à Genève,
roulant des vagues blanches et vertes.
Le lac désert secoue sa colère,
écrase les masses d'eau en gerbes
contre les murs du rivage.
Les mouettes renoncent à l'affronter,
les corbeaux s'efforcent de regagner la terre,
les canards se tiennent bec en avant
et s'ancrent de leurs pattes.
La bise descend vers le sud tandis que
le ciel au nord reste d'un bleu profond et mat,
et les nuages se massent
sur les crêtes savoyardes.
Samuel, qui lutte contre un épuisement définitif,
cherche dans le hululement de la bise du Léman
une diversion à sa peine d'amour.

En route,
pour compenser les pertes,
d'autres forçats sont ajoutés à la chaîne.
Malheur à ces nouveaux venus
s'ils cachent sur eux quelques louis.
Si quelqu'un crie «y'a gras»,
on sait que le malheureux
va être dépouillé la nuit suivante.
Les argousins laissent faire
pourvu que ça ne fasse pas de bruit.
Après le coup de sifflet du soir,
plus personne n'a le droit de tousser ni de murmurer,
même quand un argousin lui marche sur le corps
pour vérifier qu'il n'est pas en train de *jouer du violon*,
c'est-à-dire de scier ses fers avec une lime
ou un ressort d'horloge.

Une nuit, un nouvel arrivant,
homme prostitué, condamné pour son commerce,
est assassiné.
Au matin, les argousins constatent:
«Mademoiselle n'a pas passé la nuit.»

La chaîne traverse la France
jusqu'à la pointe de la Bretagne.
François et Joseph sont à la peine:
le boiteux, à cause de son infirmité,
le caporal en raison de son âge.

À Pont-à-Lezen,
la quarantaine doit assurer que personne
n'apporte de maladie au bagne.

On te trempe dans une grande cuve d'eau tiède.
Au sortir du bain, on te tond,
tu reçois de nouveaux habits,
une casaque rouge, deux pantalons,
deux chemises de toile,
deux paires de souliers et un bonnet,
vert pour les condamnés à perpétuité,
rouge pour ceux qui sortiront
peut-être un jour.
Chaque pièce de ce trousseau est marquée
GAL pour galérien.
Le bonnet porte une plaque de fer-blanc
avec le numéro d'inscription au registre matricule.
On te rive au pied la manille et,
après trois semaines, début décembre 1790,
toute la chaîne,
y compris les quarante et un Châteauvieux,
est transférée à Brest.

Au cours de ce dernier trajet,
un compatriote suisse alémanique
raconte à Samuel
la triste histoire de *Vreneli am Guggisberg*.
Vreneli était la fille du meunier, amoureuse de Joggeli.
Mais le meunier l'avait promise à un autre.
Joggeli a provoqué le prétendant en duel
et l'a laissé sur le carreau.
Pour échapper à la potence, il s'est enfui,
mercenaire au service de l'étranger.
Samuel dit : «Voilà exactement mon histoire,
et comment finit-elle?»

«Eh bien, dit son compatriote,
revenu au village de Guggisberg,
Joggeli apprend que le prétendant s'est relevé du duel.
Se croyant abandonnée, Vreneli en est morte.
La chanson qui raconte cette histoire,
il était interdit de la chanter au régiment,
sous peine de trois ans de galère.
Voilà pourquoi je suis dans la chaîne.»
Samuel se tait, pense à Virginie.
Elle au moins n'a pas pu se marier avec le fils Dipiazza.
À moins que ce salaud vive encore.
Qui sait s'il n'a pas survécu?

Samuel se souvient d'avoir demandé à Virginie
ce qu'elle trouvait à ce Léman?
«C'est plus fort que moi, avait-elle dit,
j'aime son odeur, différente chaque saison,
j'aime ces moments où il s'irise
après avoir été sans une ride au lever du jour.
J'aime ses caresses quand je m'y baigne,
le chuchotement régulier de ses petites vagues,
les brises qu'il suscite, même ses colères,
les vents qu'il déchaîne.
J'aime le relief de son fond où se cachent les poissons,
les rochers où s'accrochent les coquillages.
J'aime chaque galet qu'il polit,
chaque gravier blanc qu'il roule,
son sable gris,
et même, parfois,
sa vase verdâtre.»

Samuel ce jour-là avait voulu savoir :
« Mais notre enfant, tu l'aimeras aussi ? »
Elle avait répondu qu'à l'enfant,
elle lui apprendrait le métier
et l'amour du Léman.
Samuel se disait alors qu'une femme qui choisit
un homme pour faire un enfant
devrait être amoureuse
du futur père, mais pas d'un lac.

Elle avait dit que le Léman savait se faire aimer.
« Même le morget, elle disait,
quand ce petit vent sort de terre
au milieu de l'après-midi
entre Rolle et la pointe de Saint-Sulpice,
quand il remplit le golfe de bleu,
s'étale en éventail, le Léman l'attend,
et les Morgiens s'excusent s'il ne vient pas. »
Samuel, qui avait souvent profité du morget
quand il vivait à Rolle, avait alors compris
que contre une telle passion
son combat comme sa jalousie seraient vains.

À Brest,
entre la corderie haute, la caserne et l'hôpital,
la façade du bagne, longue de plus de huit cents pieds,
domine le port.
Ici sont accueillis, mais accueillir sonne trop bien,
près de quatre mille forçats.
Dans les salles, construites
depuis moins d'un demi-siècle,
s'accumulent les traces de la souffrance.

Quand le bagnard arrive
dans cette grande machine à punir,
son cou est pressé sur un billot
et un terrible coup de massue
vient faire sauter l'écrou de la cravate.
Il passe devant une commission
qui contrôle son identité
et produit une description
de ses caractéristiques physiques
dans le registre de la chiourme.
Une nouvelle chaîne est fixée à son pied,
il la suspend à sa ceinture de cuir.
Ensuite pour trois ans,
il est attaché à un condamné qu'il n'a pas choisi.

Tous les Châteauvieux sont pourtant
appariés entre eux,
un privilège, c'est bien le seul.
Moins pénible que d'être «en cheville»
avec un violeur ou un escroc.

À l'entrée de chaque grande salle de six cents forçats,
un faisceau de fusils et deux canons chargés de mitraille
visent les bancs qui servent de lit.
Les garde-chiourmes ont leur local
au centre de l'édifice.
Sans se déplacer, ils ont tout sous les yeux,
peuvent infliger des punitions
jusqu'à ce que chacun soit
utile,
docile,
ne survive que pour travailler.

Chaque dimanche,
un autel sur roulettes est transporté
au pied de l'escalier dans l'enfilade des salles
pour dire la messe
sans que personne puisse y échapper,
même s'il est protestant.

En semaine, la journée commence
à cinq heures l'été,
à six heures l'hiver.
Le coucher a lieu à vingt heures
après le coup de sifflet
ordonnant de dormir ou de faire semblant.

Chaque soir en fermant les yeux,
Samuel continue de se raconter
l'histoire des vents du Léman.
Le fraidieu,
la molaine,
le birran
et le bisoton
lui tiennent compagnie dans la nuit.

Pour les travaux de *grande fatigue*,
tels la taille de pierre et le sciage de long,
les Châteauvieux sont affectés à l'arsenal.
Il s'y construit les navires de la marine royale,
celle du bon roi Louis,
comme disent les garde-chiourmes.
La *petite fatigue* est réservée
à ceux qui ont accompli sans accroc
la moitié de leur peine.

Ils peuvent alors être détachés de leurs binômes,
travailler dans des ateliers.
Comme les Châteauvieux en ont tous
pour trente ans,
ils seront en binômes,
attendant pendant quinze ans
un certificat de bonne conduite.

On n'a pas trop envie de raconter le destin du galérien.
On comprend vite qu'au lieu
de redresser la «méchanceté des âmes»,
ainsi que prétendent les sermons du dimanche,
le bagne est l'école de l'abjection et de l'égoïsme.

Au début, les Châteauvieux sont un peu à part.
Les autres détenus les respectent
comme des citoyens révolutionnaires.
Mais après quelques mois,
les assassins condamnés à perpétuité,
les plus cyniques,
les plus pauvres,
s'arrangent entre eux pour imposer leur loi.
Certains sont pires que les officiers de Châteauvieux,
sauf le sous-lieutenant Amey, bien sûr.
Sa cruauté reste sans égale.

(1792)
LE BONNET ROUGE

Celui qui sait qu'il sera galérien pour trente ans
se met à calculer l'âge qu'il aura
s'il s'en sort un jour.
Les deux plus jeunes d'entre les Châteauvieux,
Samuel et Gédéon auront quarante-neuf ans.
Le plus âgé, le caporal Joseph, aura cinquante-sept ans.
Ça n'arrangera pas sa surdité.
Chacun se donne du courage par des plans d'évasion,
puis se désespère
quand une nouvelle chaîne comprend
un «cheval de retour».

Depuis son arrivée au bagne,
Samuel,
qui se laissait volontiers aller à la mélancolie,
change beaucoup:
souvent plein d'entrain, apprécié de tous.
Il dit que c'est depuis qu'il a reçu
l'exemplaire de *La Nouvelle Héloïse*
que lui avait confié André.
Puisqu'il ne peut l'emporter à l'arsenal,
il en apprend par cœur chaque jour une page,
et la récite aux autres
avec des éclairs dans les yeux.
Étonnant à quel point
une feuille de papier écrite remonte
le moral d'un bagnard.

Pendant le séjour d'un forçat à Brest,
il a une chance sur trois de mourir.
Dès la première année,
l'un des quarante et un Châteauvieux,
Pierre Monnoye, matricule 38381,
agité d'une violente fièvre, se met à délirer.
Les gardes lui font toutes sortes d'agaceries
pour s'assurer qu'il ne simule pas sa maladie.
Ils finissent par le laisser enchaîné
sur le châlit pour toute la journée.
Au retour du travail,
quand Samuel s'approche de lui,
il découvre qu'il est mort.
Plus tard le grand registre mentionnera:
«mort à l'hôpital de la chiourme le 6 février 1791.»

Un jour, Gédéon Viviand reçoit,
par un billet que lui glisse un nouvel arrivé,
le message d'un compatriote établi à Paris.
La libération des Châteauvieux se discuterait
à la tribune de l'Assemblée nationale.
Mais les cantons suisses auraient prétendu
que le sort de leurs concitoyens dépendait d'eux.
Et comme les régiments mercenaires
et le Roi sont toujours là,
les chances d'un élargissement seraient faibles.

Selon un journal de Brest
qu'un garde-chiourme a laissé traîner à leur intention,
voici ce qu'un député aurait dit
pour défendre les Châteauvieux
comme de précoces héros de la Révolution:

«Nous serions donc les geôliers des Suisses, de ce peuple féroce? La France s'avilira donc jusqu'à punir dans ses propres ports les héros mêmes qui ont fait triompher le peuple de l'aristocratie des officiers et donné leur sang au peuple au lieu de le rendre au despotisme...»

Ça parle bien du côté de Paris.
L'espoir renaît quand les Châteauvieux apprennent
que Marat les défend et
qu'un compatriote, Étienne Clavière,
a été nommé ministre.
En 1782, il a été chassé de Genève,
comme le supplicié André Soret,
comme Samuel.
Banquier, mais opposé à Necker,
il tient le portefeuille des Contributions publiques.
Pouvons-nous compter sur lui?
Il y a des signaux de la part des garde-chiourmes.
Ils ont regroupé les Châteauvieux dans la même salle,
du jamais vu de mémoire de bagnard.
La règle au contraire fait assembler
des binômes disparates
et mêler toutes les provenances.

Un matin à l'aube,
au lieu d'être menés en troupeau
à l'arsenal pour scier des poutres,
ils ne sont pas désentravés quand la salle se vide.
À la fin, ils restent à quarante.
Et voilà qu'arrivent trois messieurs.
L'un est le commissaire des Chiourmes,
les deux autres se présentent:

députés de Brest à l'Assemblée nationale.
Le plus âgé, qui boite légèrement
et s'appuie sur une canne,
leur tient un discours
qui parle de fraternité, de nation, de temps nouveaux.
Les Châteauvieux peinent à le comprendre.
Il dit qu'ils ont bien mérité de la patrie
sans préciser laquelle.
À la fin, il leur souhaite de réjouir leur cœur
pour un bel événement qui ne saurait tarder.

Quand ces trois messieurs se retirent,
les garde-chiourmes
mènent les Châteauvieux au chantier
sans qu'ils soient plus avancés.
Ils croient deviner,
osent à peine espérer.

Une semaine plus tard, la scène se répète.
Ils ne partent pas travailler à l'arsenal,
les mêmes messieurs reviennent.
Cette fois, pas de discours.
Les Châteauvieux sont emmenés à la serrurerie
pour être délivrés de leurs chaînes.
Jamais les forgerons n'ont eu
autant de clients d'un seul coup.
Sur ordre de l'Assemblée nationale,
quarante forçats sont libérés.

Le grand portail du bâtiment principal
s'ouvre pour eux.
Une foule nombreuse les accueille avec des hourras,

des vivent les Suisses de Châteauvieux !
Ils sont entourés,
bousculés,
embrassés,
en perdent la tête,
ont des larmes,
se mettent à rire sans raison,
essaient de comprendre pourquoi.

Leurs bonnets rouges sont jetés en l'air
pour que tout le monde les voie.
Et puis du vin et une table garnie
comme ils n'en ont plus eu depuis dix-huit mois,
un banquet avec des banderoles,
des drapeaux et des fleurs.
Comment croire que tout cela leur arrive à eux,
pauvres forçats ?

Le soir, pour la première fois depuis longtemps,
ils dorment sans avoir les chevilles entravées.
Dormir est un grand mot, les uns cuvent leur rouge,
d'autres, tout éveillés,
racontent leurs plans pour une vie nouvelle,
demandent des explications,
échafaudent des théories.
Mais le plus incroyable pour eux
est d'être traités en héros
pour les mêmes raisons qui leur ont valu le bagne.
Il paraît qu'ils ont ouvert la voie
à la juste colère du peuple,
qu'ils ont montré l'exemple de la révolte
contre l'oppression royale
et l'iniquité des officiers aristocrates.

Samuel passe la nuit, moitié rêvant moitié éveillé,
à recenser ce dont il se souvient
à propos des vents du Léman et de Virginie.
La reverra-t-il ?

Elle lui avait un jour raconté
qu'elle avait choisi la solitude
à cause du mauvais exemple de ses parents.
Ils avaient gâché leur vie à se quereller.
Elle lui avait montré sur la coque
à l'extérieur de sa barque
une profonde balafre dans le bois,
lui avait expliqué qu'il s'agissait
des ongles de sa mère,
poussée à l'eau par son père.
Elle s'était agrippée là,
son mari l'aurait empêchée de remonter à bord,
puis lui-même aurait sauté dans le lac
pour se noyer.
Quand Samuel avait demandé
comment elle savait cela,
Virginie avait dit que sa sœur cadette
avait été retrouvée seule
sur la barque qui dérivait.
Elle avait un peu plus de deux ans,
mais ce souvenir trouble qu'elle lui avait confié
faisait qu'elle n'avait jamais plus voulu
monter sur un bateau.
Virginie avait conclu :
Tous les couples sont infernaux.

Après l'avoir rencontrée,
Samuel écrivait moins souvent à son père,
ne fréquentait presque plus
la jeunesse sur la place du lavoir.
Pendant son travail aux carrières,
il était traversé malgré lui
de sentiments contradictoires qui l'envahissaient
chaque fois qu'il changeait d'instruments.
Quand il maniait le ciseau et le maillet,
il jouissait de la légèreté du monde, de sa gaieté.
Quand il enfonçait un coin à coups de marteau
et que le rocher résistait,
il se renfrognait en pensant que Virginie était
femme trop étrange pour lui.
Et quand il se servait avec peine
de la scie, du levier, de la masse ou du pic,
il se demandait s'il n'aurait pas été préférable
de ne jamais monter à bord de la barque de Perchette.

Quand il avait enfin chargé les rocs sur la barge
et qu'il revenait léger du port,
il sifflotait comme le plus heureux des hommes,
s'arrêtait pour contempler le frisson
qui parcourait le Léman
et murmurait mille fois le prénom de la femme
qu'il reverrait le soir venu.
Alors qu'il avait commencé sa journée sans savoir
s'il avait envie de ce prochain rendez-vous,
voilà qu'il ne pouvait plus attendre que le soleil
aille se faire voir derrière la chaîne du Jura.

Il inventait mille projets,
imaginait qu'ils retourneraient ensemble
dans une Genève libérée de ses patriciens.
Elle passerait ses jours sur le lac,
tandis que, place du Molard, il vendrait son poisson.
Il ne désespérait plus de la convaincre,
allait écrire à son père pour la lui présenter.

À la fin de cette nuit du 16 mars 1792,
quand Samuel se réveille,
les deux députés de Brest sont déjà là
dans le grand réfectoire de la caserne.
Ils annoncent aux Châteauvieux qu'ils vont
traverser la France jusqu'à Paris
sur ordre de l'Assemblée nationale.
Le parcours se fera dans quatre chars ouverts
pour qu'ils soient vus de tous pendant le voyage.
Aussi souvent que possible,
ils s'arrêteront dans les bourgs
pour raconter leurs aventures,
l'injustice des officiers et des aristocrates,
sans oublier les événements de Nancy,
leur héroïsme au service des intérêts du peuple.
Ils mettront quatre semaines
pour arriver à la capitale.

Ils suivent donc à rebours
le chemin qu'ils ont fait comme forçats.
Les deux députés ont récupéré
plusieurs de leurs chaînes
pour les exhiber à chaque bivouac,
en général en fin d'après-midi,

dans le bourg où ils passent la nuit.
Et là toutes sortes de gens,
des femmes, des artisans, des gamins,
leur demandent les détails de leur vie,
le quotidien du bagne,
et si c'est vrai qu'on les faisait manger
du rat, des chauves-souris et des esclaves africains.
Ils doivent raconter la révolte de Nancy
et comment ce pauvre André Soret a fini sur la roue.

Après quelques jours de répétition,
ça devient un spectacle.
Jacques dépeint la manière dont ils ont pris en otage
leurs officiers sans jamais toucher
à un seul de leurs cheveux.
Gédéon et Joseph se spécialisent
dans la description du tribunal
où le sous-lieutenant Amey s'était illustré
par diverses cruautés.
Samuel ne peut s'empêcher
de citer Jean-Jacques Rousseau qui,
selon lui, a toujours tout anticipé.

Pour cette France de province,
ils sont la preuve que la société bascule,
que le haut ne tient plus et que le bas va s'élever.
Ils deviennent malgré eux
les héros de la Révolution en cours.
Et cela se remarque à un symbole
qu'ils n'avaient pas prévu.
Le bonnet rouge qu'ils portaient
pour signaler qu'ils n'étaient pas

condamnés à perpétuité
comme ceux dont le bonnet était vert,
eh bien, ce bonnet devient
un emblème de la liberté.
Tout le monde veut l'essayer,
il passe de main en main
d'une tête à la suivante,
sans que jamais
un Châteauvieux le laisse échapper.

À Rennes,
après une nuit raccourcie par un interminable banquet,
ils découvrent
des porteurs de bonnets rouges
qui n'ont jamais été bagnards.
En toute hâte,
des lavandières et de braves artisans
ont confectionné des imitations
plus ou moins réussies.

Pour le prochain bourg,
Samuel a préparé un nouveau discours.
Cette fois il trouve son inspiration
dans sa propre vie d'homme enfin libéré.
Il termine par: «Vive la liberté, vive l'égalité!»
tandis que des paysans brandissent leur fourche.

Depuis ce jour
dans le voyage des quatre chars en direction de Paris,
chaque fois qu'ils croisent un groupe de curieux
qui les saluent ou les acclament,
ils agitent leur bonnet rouge et crient:

«Liberté, égalité!»
Ils sont ivres de cette liberté
dont ils commencent à sentir les effets dans leur corps.
Ils ne traînent plus les pieds
comme s'ils étaient encore en binômes.
Et la nuit ils peuvent bouger à leur aise
et même se recroqueviller.

Au fur et à mesure du voyage,
le regard de Samuel s'éclaircit,
ses cheveux repoussent,
il redresse la tête,
sourit aux filles qui veulent essayer
son bonnet rouge.

Arrivés aux portes de Paris,
les Châteauvieux apprennent
qu'ils vont être reçus par l'Assemblée nationale,
pour y être non seulement entendus,
mais encore admis aux honneurs de la séance.
Ils peinent à reconnaître la capitale.
Octrois en mauvais état,
barrières de la ville en partie détruites,
bâtiments publics ouverts à tous vents.
Partout de petits groupes de citoyens
discutent avec passion des idées, des événements.
Les enfants en pleine rue
entravent le parcours des carrosses, devenus rares,
jouent à la prise de la Bastille.
Un air de fête flotte dans les faubourgs.
Quand les Châteauvieux sont reconnus,
ils recueillent des vivats.

Gédéon Viviand, à qui la barbe donne l'allure
d'un beau jeune homme à marier,
est courtisé par une jeune fille marchant à ses côtés.
Jacques Grosjean se dispute avec deux gamins
qui veulent essayer son bonnet
tandis que Samuel et un autre Châteauvieux discutent
pour savoir si les restes de Rousseau
doivent être transférés au Panthéon ou à Genève.

À la porte de l'Assemblée nationale,
chacun d'entre eux reçoit un narcisse et deux tulipes.
Quand les députés les font aligner devant eux
pour un discours et des applaudissements,
les Châteauvieux se sentent maladroits, déplacés.
Avec un fort accent genevois,
un citoyen ministre prend la parole.
Ils sauront plus tard
qu'il s'agissait d'Étienne Clavière.
Ils défilent dans la salle au bruit des tambours
tandis que les députés crient «Vive la Nation!»

Pour quinze jours ils sont logés aux Invalides
dans les appartements des officiers.
Au bagne, ils s'étaient habitués à la dure paillasse,
aux cliquetis des chaînes des voisins.
Ils peinent à trouver le sommeil dans des draps,
continuent de rêver de leurs fers.
En attendant la fête annoncée,
ils mangent, boivent, grossissent,
et leurs cheveux repoussent encore.

(1792)
LIBERTÉ, ÉGALITÉ

Le dimanche 15 avril 1792,
le soleil est loin d'être levé
quand les deux députés brestois
viennent chercher les Châteauvieux.
Tous prennent place dans un grand char
qui traverse la ville jusqu'à la Barrière du Trône.
À la lueur des torches,
ils découvrent une foule où
les uns se préparent au cortège,
d'autres, simples curieux,
veulent voir de près les héros du jour.

La mise en scène de la cérémonie
a été confiée au peintre David.
Cinq tronçons sont prévus dans le cortège
qui précédera les Châteauvieux.
Chacun de ces groupes aura son thème
et sa fanfare.
En ville et dans les faubourgs
des affiches placardées précisent
l'ordre du cortège et son parcours:
«Fête en l'honneur de la Liberté donnée par le peuple
à l'occasion de l'arrivée des soldats de Châteauvieux.»

Il faut plusieurs heures
pour atteler les chars,
y installer les maquettes et trouver la place de chacun.
La matinée est bien avancée

quand le cortège s'ébranle en direction
des ruines de la Bastille.

Dans le premier groupe,
des rangs serrés de citoyens et de citoyennes
marchent à huit de front.
Ils accompagnent une immense stèle
de la Déclaration des droits de l'Homme,
inscrite sur une double table de carton.

Dans le deuxième groupe,
citoyennes et citoyens entourent
une maquette de la Bastille,
portée par les délégués du faubourg Saint-Antoine
et les ci-devant gardes-françaises
revêtues de leur uniforme.

Le troisième groupe transporte
quatre bustes majestueux.
Les Châteauvieux y reconnaissent celui de Rousseau.
Pour les autres, ils doivent demander.
Le buste américain, c'est Franklin,
l'anglais, un certain Sydney,
et le français émacié, Voltaire.

Pour le quatrième groupe,
Il faut aussi se faire expliquer
les idées de David.
Des pères de famille, des épouses, des mères
et de jeunes citoyens portent
l'immense livre de la Constitution française.
C'est assez réussi

et maintenant que les Châteauvieux le savent,
ils auraient pu le deviner.

Dans le cinquième groupe
se trouvent les juges des tribunaux civils et criminels
et les députés des quarante-huit sections de Paris,
dont l'une a changé son nom
de section de la Croix-Rouge
en section du Bonnet Rouge.
Cela fait beaucoup de monde
et rappelle de mauvais souvenirs:
les tribunaux, même révolutionnaires,
on s'en passerait.

Après le défilé des cinq tronçons
dont le premier doit être à la Bastille déjà,
vient enfin le groupe des Châteauvieux.
D'abord des citoyens portent un modèle de galère.
D'autres brandissent d'immenses rames,
décorées de fleurs et de rubans.
Les anciens bagnards sont un peu
gênés par ces symboles.
Bien qu'appelés galériens,
ils n'ont jamais dû ramer,
n'ont fait que trimer à l'arsenal de Brest.
Leurs vêtements étaient bien marqués GAL,
mais avec les Parisiens, il en va souvent ainsi:
ils croient tout savoir de la vie de province.

Puis quarante citoyennes habillées de blanc
portent chacune un morceau
des chaînes rouillées des bagnards.

Au milieu d'elles,
un sarcophage à l'antique rappelle le nom
des Châteauvieux pendus.
La liste se termine par André Soret.
Un deuxième sarcophage rend hommage
aux gardes nationaux morts à Nancy.
Une banderole réunit ces deux symboles funéraires:
«Bouillé et ses complices sont seuls coupables.»

Enfin,
sur un char décoré de banderoles
de toutes les couleurs,
arrivent les quarante Châteauvieux,
chacun avec son bonnet rouge
qui ressemble au bonnet phrygien
que portaient les esclaves affranchis.
Ça tombe bien!
Les Châteauvieux sont suivis d'un récitant
qui déclame des poèmes de circonstance
composés par André Chénier.
Se moque-t-il d'eux?

«Beaux-arts qui faites vivre et la toile et les pierres
Hâtez-vous, rendez immortels
Ces clients helvétiques
Ce front que donne à des héros
La vertu, la taverne et le secours des piques
Peuplez le ciel d'astres nouveaux.»

Derrière les Châteauvieux,
un char porte une immense statue de Guillaume Tell,
premier libérateur helvétique.

De la foule acclamant les bagnards
montent des «Vive la liberté! Vive l'égalité!»
Samuel reprend à tue-tête ce qui de ce jour
sera une devise:
«Liberté, égalité, fraternité.»

Suivent cinq rangs de chevaux,
attelés à quatre de front.
Ils transportent des couronnes de fleurs,
des allégories,
des autels où brûlent des parfums.
Le cortège passe la Bastille,
la porte Saint-Honoré,
le pont Louis XVI sur la Seine,
le Palais Bourbon jusqu'au Champ de la Fédération.

Le char des Châteauvieux finit par s'arrêter
au pied de l'autel de la Patrie.
Ils aident à décharger la Liberté,
puis sont invités à faire bombance
au milieu d'un peuple qui semble leur porter
une vénération dont ils peinent à se trouver dignes.
Chaque section de Paris a préparé un festin civique.
Comme il y en a quarante-huit,
les Suisses doivent visiter chaque tablée.
Ils ne se privent pas d'y vider
à chaque fois leur godet.
Si bien qu'à la nuit tombée,
ils esquissent des pas de danse
pour démontrer à ce vaste public
mille manières de farandoles helvétiques.

Samuel est encouragé à danser,
mais sa mélancolie le tient à l'écart.
Il ferme les yeux et croit entendre dans le lointain
la bise noire qui rugit.
Elle plaisait tant à l'ami André.
Pendant la saison froide, elle souffle du sud-ouest
en rafales très brusques, fait fumer le Léman.
L'air glacé se condense
et donne à voir courir le vent.

Samuel a-t-il trop bu ?
Tendant l'oreille, il lui semble reconnaître
le joran.
Quand des rouleaux arrondis coiffent la chaîne du Jura,
celui-là s'approche comme un chat et,
après un coup de griffe sur les arbres de la rive,
s'abat sur l'eau en grains noirs et pressés.
Allez, Samuel, un dernier verre ?

Tandis que pointe l'aube du lundi,
les Châteauvieux ont encore la force
d'entonner le *Ranz des vaches*
qui leur était interdit
par leurs ci-devant officiers
sous peine de passer par les courroies ou
de finir à Brest.
Par bonheur, ce vieux monde est derrière eux.
Il leur reste la petite phrase du citoyen Chénier :
« La vertu, la taverne et le secours des piques. »

(1792)
CLAVIÈRE

Après la Fête de la Liberté,
chacun des Châteauvieux
veut savoir ce qui se passe chez lui,
à Genève, dans les cantons suisses, en Allemagne.
Peut-il envisager de retrouver sa famille?
La Révolution s'arrête-t-elle à la frontière?
Grâce à un ancien camarade déserteur,
Jacques a reçu une lettre de sa femme.
Il la montre à qui veut la lire.

Comme lingère, elle fréquente
les femmes de chambre des patriciens genevois
qui font nettoyer leurs vêtements.
Elle dit avoir appris que
le marquis de Châteauvieux aime si fort
le roi de France qu'il a décidé
de le faire fuir à l'étranger chez les autres de son espèce.
Il est allé en personne dans le palais de Louis à Paris,
lui a préparé un uniforme de garde suisse.
Il s'est fâché quand le Roi a dit:
«J'ai peur, je ne veux plus.»
Et encore plus fâché quand il a su
que les bagnards de Nancy allaient être libérés.
À toute vitesse il est revenu à Choully
où il a pris des dispositions au cas où
ses anciens soldats viendraient
lui demander des comptes.
Il a placé des Savoyards en armes
tout autour de son domaine.

À la lecture de cette lettre,
les Châteauvieux comprennent
qu'il vaut mieux attendre
avant de retourner à Genève tout en souhaitant
que la révolution là-bas avance plus vite qu'en France.

Ils sont maintenant habitués à manger des plats variés,
à dormir sans être attachés,
à croiser de jolies femmes,
à discuter jusque tard le soir,
sans qu'un coup de sifflet leur impose
le silence.
Ils ont reçu de nouveaux habits,
ont pu choisir des chemises et un pantalon,
des bas et des chaussures.
Ils continuent de porter le bonnet rouge,
tout en s'étonnant de voir
tant de gens l'arborer
sans avoir jamais été bagnards.
Ils touchent une solde
qui leur permet de vivre à la caserne sans engagement.

Tous ne sont plus là des quarante qu'ils étaient.
Après leur cortège triomphal à travers la capitale,
ils ne sont restés ensemble que quelques jours.
Certains d'entre eux ont été invités
par d'anciens du Club helvétique
pour raconter l'affaire de Nancy et le bagne de Brest.
D'autres ont regagné leur patrie
comme Louis Bachmann qui vient de Prusse,
Jean Julien, d'Italie,
Jean-Christophe Kratz, de Wittenberg,
Adam Sassins, de Mannheim,

Ernest Weber, de Darmstadt.
Les plus chanceux retournent chez eux
sans passer de frontières,
Jean Marie Bosson à Paris,
Dominique Véron à Metz,
André Heemberger à Strasbourg.
Ceux qui sont nés dans les cantons suisses
ne peuvent s'y rendre
sans risquer pire que le bagne.
Ils cherchent à s'employer
comme domestiques, comme gardes.

Début mai, Étienne Clavière,
ministre des Contributions publiques,
offre une réception en leur honneur
dans sa belle demeure de Suresnes.
S'y retrouvent les six Genevois de l'escouade de Samuel
et une dizaine de Châteauvieux encore à Paris,
tous plutôt mal à l'aise
chez ce grand bourgeois qui les appelle *citoyens*.
Ils savent de lui qu'il est né
voici cinquante ans
dans un château de la campagne genevoise.
Fils d'un commerçant en mousselines,
il a épousé une cousine fortunée.
Comme André Soret,
il a dû quitter Genève
lors de la contre-révolution de 1782.
Banquier, il semble s'être trompé de camp.
Il a fondé la Société des amis des Noirs
pour lutter contre la traite,
mais s'est mis par ailleurs au service
des aristocrates étrangers

qui cachent leur argent à Genève.
Il pense une chose, en fait une autre,
déteste Necker
et spécule avec lui.

À la fin de la réception,
ce monsieur convoque les six Genevois
de l'escouade de Samuel dans son bureau,
les fait asseoir en rang d'oignons,
se cale dans un fauteuil derrière une grande table.
Il commence par de belles phrases
qui louent ce pauvre André Soret
condamné avec tant de cruauté, dit-il.
Puis il leur tient un discours comme s'il se trouvait
à la tribune de l'Assemblée nationale :

«La République de Genève est gouvernée comme devant finir bientôt, car je ne conçois plus de République là où il n'y a que des riches d'un côté et des affamés de l'autre. Je penserai différemment quand je verrai nos magistrats descendre parmi leurs concitoyens, visiter fréquemment les diverses classes, les diverses professions. Mais tant que je les vois perchés dans leur donjon et de là prétendre connaître la nature de tout, les effets de tout, les convenances et les disconvenances de tout, personne ne pourra me faire croire que le bien de la République soit dans leur cœur.»

Les six anciens mercenaires écoutent sans rien dire,
se demandent où l'orateur veut en venir.
Il conclut que pour détruire ce nid d'aristocrates,
«vous en conviendrez, citoyens,
il faut que Genève fasse partie de la France.»

Les Châteauvieux se regardent
pour savoir qui va lui tenir tête.
Samuel s'y lance, très simple:
«Citoyen Clavière,
toi qui dois à notre République et pas au Roi,
ce beau nom de citoyen
dont tu nous honores, tu sais qu'il appelle
après lui le nom d'une cité,
la tienne comme la nôtre est Genève.
Tu en as été chassé,
nous autres désirons comme toi
pouvoir y retourner,
non pas accompagnés
par une armée étrangère qui l'aurait annexée,
mais en hommes libres d'une république
débarrassée enfin
de l'arrogance de ses patriciens.
Nous entendons mener la révolution du peuple
sans l'aide de notre puissant voisin.
Citoyen Clavière, citoyen de Genève, j'ose le dire,
la Révolution française a été initiée dans notre patrie
il y a dix ans.
Avant de nous donner des leçons,
la France devra encore se passer de la Cour et d'un roi,
quel que soit son nom.
De tout cœur, nous, soldats de l'ignoble Châteauvieux,
nous te sommes reconnaissants
d'avoir favorisé notre libération,
de tout cœur,
nous te remercions pour la belle réception
que tu viens de nous offrir,
de tout cœur…»

La voix de Samuel se brise,
emportée par l'émotion.
Un silence se fait,
on entend dans les autres pièces
les valets occupés à
remettre en place les meubles.
Samuel debout regarde le citoyen ministre
qui retient sa colère plutôt que ses larmes.
Personne n'aurait imaginé Samuel
capable d'une telle éloquence.
Ses camarades sont fiers de lui,
voudraient l'aider.
Le silence dure.

Enfin Clavière se lève aussi,
bredouillant quelque chose.
Ils suivent Samuel sans un mot
et se retrouvent sur la chaussée tous les six,
sans bien comprendre ce qui leur arrive.

Plus tard, attablés dans l'estaminet,
ils reparlent de la tête que faisait leur hôte.
Samuel, encore lui, résume la situation:
«Clavière vivait avec les patriciens,
il leur en veut, mais pas assez
pour être avec le peuple de la rive droite.
Il rêve d'annexer Genève à la France.
Nous ne sommes pas
du même monde que lui.»

De ce jour, les Châteauvieux se dispersent dans Paris.
Ils se croisent encore quelques fois, se perdent de vue.

Certains d'entre eux
s'engagent comme palefreniers,
d'autres se rapprochent des frontières de leurs cantons.

Pendant que les quarante bagnards étaient à Brest,
leur histoire a fait le tour de la France.
Des théâtres populaires ont fait représenter
plusieurs pièces où ils apparaissaient
en martyrs de la liberté.
Les contre-révolutionnaires de leur côté ont parlé de
«la Saint-Barthélemy de Nancy»
pour encourager le Roi à fuir
puisqu'il ne pouvait plus compter sur
la protection des Suisses.
À Aix-en-Provence,
les fédérés de Marseille ont encerclé dans sa caserne
un régiment suisse
et l'ont désarmé.
Ils disent que la Révolution
est incompatible avec des mercenaires
qui sont la police de l'ancien régime.

Jacques, Samuel et Gédéon
se retrouvent souvent.
Les gens du quartier où ils habitent
près de la barrière du Trône les appellent
les trois Vieux Châteaux,
parce que la Révolution met tout sens dessus dessous,
y compris les mots.

Souvent au café du côté des ruines de la Bastille,
ils débattent d'un projet qui leur tient à cœur:

retrouver le sous-lieutenant Amey.
Non pas tant qu'il les ait envoyés au bagne,
mais pour ce qu'il a fait subir à André Soret.
Ils n'ont pas encore décidé
s'ils le liquideront d'un coup
ou après des tourments mérités.

Ils vont voir les anciens du Club helvétique
qui leur montrent les lettres écrites
pour qu'ils soient libérés.
Ils veulent savoir où se trouve caserné
ce qui reste du régiment Châteauvieux.

Ils apprennent qu'après Nancy,
Jacques-André Lullin de Châteauvieux en personne
a emmené sa troupe à Bitch,
puis est revenu à Paris avec quelques officiers
pour faire évader le Roi de son palais des Tuileries,
comme mentionné dans la lettre de Constance.
Le sous-lieutenant Amey était-il présent?
En tous cas,
dans cette affaire, dite «des chevaliers du poignard»,
de Diesbach, d'Affry et Maillardoz y étaient
avec Jacques-André Lullin de Châteauvieux.
Le régiment de ce dernier est devenu
le 76e régiment d'infanterie de ligne.

Dommage que Samuel et ses deux camarades
n'aient pas réussi à retrouver Amey.
Monté en grade pendant la Révolution et l'Empire,
il a son nom sur l'arc de triomphe de l'Étoile
parmi les six cent soixante officiers de Napoléon,

pilier nord, première des quarante colonnes.
Est-ce bien là sa place,
lui le triste inventeur du four crématoire?
Le 24 mars 1794, deux officiers municipaux
écrivent à la Convention nationale
à propos de son comportement en Vendée:

«Amey fait allumer des fours et lorsqu'ils sont bien chauffés, il y jette les femmes et les enfants. Nous lui avons fait des représentations; il nous a répondu que c'était ainsi que la République voulait faire cuire son pain. D'abord on a condamné à ce genre de mort les femmes brigandes et nous n'avons trop rien dit; mais aujourd'hui les cris de ces misérables ont tant diverti les soldats qu'ils ont voulu continuer ces plaisirs. Les femelles de royalistes manquant, ils s'adressent aux épouses des vrais patriotes. Déjà, à notre connaissance, vingt-trois ont subi cet horrible supplice et elles n'étaient coupables que d'adorer la Nation. La veuve Pacaud, dont le mari a été tué à Châtillon par les brigands lors de la dernière bataille, s'est vue, avec ses quatre petits enfants, jetée dans un four. Nous avons voulu interposer notre autorité, les soldats nous ont menacés du même sort.»

(1792)
LES TUILERIES

Le 10 août 1792 à Paris,
Danton, devenu ministre de la Justice,
donne ses instructions:
«Assiéger le palais,
exterminer les Suisses,
s'emparer du Roi et de sa famille,
les conduire à Vincennes
et les garder en otage.»

Face à la foule, les derniers défenseurs suisses
de l'ordre monarchique sont à peine neuf cents,
y compris quelques nobles français,
courtisans soumis,
déguisés avec des uniformes helvétiques.

À six heures du matin,
devant le palais des Tuileries,
un Roi mal coiffé, hagard,
tenant le Dauphin par la main,
accompagné des officiers suisses
Maillardoz et Bachmann,
passe en revue sa garde.
Des jardins des Tuileries, les gardes nationaux
passés de l'autre côté lui crient:
«À bas le gros cochon!»
Plusieurs milliers de personnes aux piques acérées
occupent les jardins.
Cinq cents Marseillais coiffés du bonnet rouge

menacent les Suisses,
entonnent un chant nouveau:
«Qu'un sang impur abreuve nos sillons!»

À huit heures trente, le Roi sort une dernière fois
de ses appartements
pour se réfugier à l'Assemblée nationale
qui siège non loin de là.
Avec la reine Marie-Antoinette et sa famille,
sous la protection d'une compagnie de Gardes suisses,
il monte les treize marches qui mènent
à la terrasse des Feuillants.
Six officiers supérieurs helvétiques
ainsi que Bachmann et Maillardoz
en profitent pour l'accompagner
et abandonner leurs hommes
sous les ordres d'un capitaine seulement.

Les chefs des Suisses s'éclipsent,
leurs soldats restent l'arme au pied.
Mais au lieu d'être incités à quitter les lieux
et à regagner leurs casernes,
ils reçoivent l'ordre de se retrancher
à l'intérieur du palais désormais vide.
Ainsi leurs officiers les condamnent-ils à mort.
La suite est lamentable, quoique héroïque.

«Républicains prêts à combattre contre la République,
ces hommes n'avaient pour âme que la discipline
et pour opinion que l'honneur»,
dira Lamartine.

À dix heures trente, la compagnie colonelle est anéantie.
Côté jardin, les Suisses font une sortie,
s'emparent de trois canons,
mais doivent refluer vers le palais.

Les députés demandent à Louis XVI réfugié chez eux
de donner aux Suisses l'ordre de déposer les armes
et de se retirer dans leurs casernes.
Ridicule ! Ces soldats en plein combat
ne peuvent rendre les armes sans être massacrés.

Vers midi, quatre à cinq cents Suisses luttent encore
au corps à corps à l'arme blanche
pour vendre chère leur peau,
tandis que quatre-vingts grenadiers défendent
degré par degré le grand escalier de la cour.
Même le désespoir ne leur donne plus d'énergie
quand ils se trouvent entourés
par des émeutiers sûrs de leurs droits.

À un contre cent,
les Suisses se battent jusqu'à seize heures,
certains sont faits prisonniers,
exécutés plus tard.
La foule envahit les appartements royaux.
Toute personne découverte à l'intérieur du palais
doit s'attendre à une mort certaine.
La conquête de la résidence royale
se fait sur les cadavres des collègues des Châteauvieux,
victimes de la perfidie de leurs chefs
et de la juste colère populaire.

Napoléon écrira:
«Jamais, depuis, aucun de mes champs de bataille
ne me donna l'idée d'autant de cadavres que m'en
présentèrent les masses de Suisses.»

Plus tard, des aristocrates feront ériger à Lucerne
un lion taillé dans le rocher,
censé rappeler la mort des Suisses aux Tuileries.
Ce monument, leurre contre-révolutionnaire,
n'est élevé qu'à la gloire des officiers,
d'ailleurs absents.
Le nom des soldats n'y figure pas.

(1793)
LA FÊTE À ROUSSEAU

La présence de plusieurs Châteauvieux
est signalée à Genève.
Ils font l'objet d'hommages émus
de la part d'une ville qui bouillonne d'idées neuves,
où chacun a entendu parler
des bagnards au bonnet rouge.
De l'escouade sont présents :
Samuel, Jacques, Gédéon et Joseph.
Les deux François sont restés en route,
savourant dans les estaminets
les vins de chaque province.

Le 30 septembre 1792,
les troupes suisses occupent Genève.
Une fois de plus, elles viennent défendre
les patriciens contre le peuple.
Ceux-là veulent étouffer l'idée d'égalité.
Elle a fait de tels progrès que
natifs,
bourgeois
et habitants
réclament les mêmes droits.

Au mois de novembre, l'armée française,
qui n'est plus celle du Roi,
en marche pour s'emparer de la Savoie,
refuse que des troupes suisses restent à Genève.
Sur quoi, fiers de leur indépendance,

les citoyens genevois
renvoient les Suisses
qui se retirent de la ville le 29 novembre.

Et voilà que,
pour la première fois de leur existence,
les oligarques genevois
n'ont plus de protecteur étranger.
Le gouvernement des patriciens s'effondre.
Dans tous les quartiers populaires,
les habitants organisent des cercles
regroupant les hommes en armes
pour que la petite République décide seule de son avenir.
Ces cercles élisent un comité révolutionnaire
qui représente le peuple souverain, selon le principe:
«Toute loi que le peuple en personne n'a pas ratifiée
est nulle; ce n'est point une loi.»

Après le meurtre d'un jeune natif par un aristocrate,
les révolutionnaires occupent les postes de garde.
Ils portent le bonnet rouge,
l'ont aussi mis pour l'Escalade,
une fête populaire
interdite durant les dix dernières années de tyrannie.

Le 28 décembre au matin,
tout le monde se retrouve dans la rue.
Les délégués des cercles suspendent les institutions,
nomment deux organes provisoires:
le comité d'administration
et le comité militaire.
La minorité patricienne se terre chez elle.

Chaque jour, Sam rend visite au Léman.
Il se promène sur le port, hume les odeurs du lac,
observe sa couleur, la direction des vents.
Il interroge les bateliers.
Que sait-on de Meillerie et de Perchette?
Personne ne peut le renseigner.

Pour l'anniversaire de la naissance de Rousseau,
une grande fête est annoncée.
Déjà circulent de nouvelles paroles
sur l'air de *La Marseillaise*,
que toute la France s'est mise à chanter:

«Sublime auteur, divin génie,
Ton jour de gloire est arrivé.
C'est le plus beau de notre vie,
C'est le jour où tu nous es né.
Pourquoi le Dieu que l'on adore
Ne te rend-il pas à nos vœux?
Sans doute tu serais heureux,
Mais nous le serions plus encore.
Citoyens genevois, par un hymne nouveau,
Chantez c'est aujourd'hui la fête de Rousseau (bis)»

Partout dans les échoppes de la ville,
les Genevois se procurent des bonnets rouges
de toute taille avec ou sans cocarde.
Sur la promenade Saint-Antoine,
les Châteauvieux croisent
des fils de patriciens qui l'arborent.
Pas sûr qu'ils sachent ce que ce signe de leur dissidence
rappelle à ceux qui le portaient à Brest.

Mais quand ceux-ci les entendent entamer
un nouveau couplet de
C'est aujourd'hui la fête de Rousseau,
ils se disent que pour de bon
tout Genève va vers l'égalité.

Le 28 juin 1793,
une quinzaine de Châteauvieux
sont invités dans le cortège.
Un de plus, ils connaissent ça.

Dès huit heures du matin,
les enfants se réunissent à la promenade des Bastions,
un endroit honni depuis les sombres journées de 82.
Ses allées sont enfin rendues à une jeunesse
tapageuse et endimanchée.
Le ciel s'est paré d'un bleu intense et joyeux.
Une fois les enfants en ordre de marche,
les volontaires armés et en uniforme
descendent de la vieille ville.
Les citoyens révolutionnaires de leur côté
se rassemblent à la Comédie,
changée par la fête en sanctuaire de la liberté.

En tête du cortège, les compagnies de citoyens armés,
coiffées du vénéré bonnet rouge,
sont suivies par le buste de Rousseau,
assis dans un grand fauteuil,
penché un peu de côté,
comme pour accueillir les hommages
par un geste modeste.
Le voilà donc de retour, ce pauvre homme

que la méchanceté des despotes a banni de sa cité.
Derrière lui,
tambours et musiciens entonnent
marches militaires et airs patriotiques.

Ce n'était que le début.
Arrive le tronçon principal,
ouvert par un groupe de jeunes filles
portant la statue de la Liberté,
retenue par des rubans multicolores.
La bise qui a chassé les derniers nuages s'adoucit,
de sorte que les rubans sont à peine tendus,
la Liberté reste en équilibre.

Suivent deux jeunes gens en blanc
qui brandissent l'*Émile*, le *Contrat social*
et une couronne de chêne.
À leurs côtés, une haie de volontaires.
Juste derrière, sur une seule ligne,
les quatre derniers Châteauvieux
de l'escouade d'André Soret.
Ils ont reçu chacun un bouquet de fleurs
qu'ils essaient de tenir d'une seule main,
sans avoir l'air trop ridicules
quand ils l'agitent pour répondre aux vivats.

La foule traverse le Rhône, arrive sur la rive droite.
Sur tous les toits, menaçant de céder sous le poids,
des spectateurs se sont hissés,
accrochés, suspendus.
La maison de Rousseau, décorée de guirlandes vertes,
est entourée d'échafaudages

qui portent une grande toile de lin.
Une fois celle-ci retirée, se découvre un autel
sur lequel repose le buste de Jean-Jacques.
Le citoyen président du Comité d'administration
et le citoyen président du Comité de sûreté
dévoilent la plaque gravée sur la petite maison.

Après de longs applaudissements,
un couple dépose avec cérémonie
la couronne de chêne sur le front du grand homme.
Un silence respectueux se fait
pour que la foule puisse entendre l'orateur.
Membre de l'Assemblée nationale,
par ailleurs pasteur,
il rappelle les bienfaits de Rousseau,
ses malheurs et l'ingratitude de sa patrie,
remercie les magistrats d'avoir réparé l'outrage,
exhorte chacun à suivre ses principes,
désormais inscrits dans la Constitution,
sans oublier la vérité de ses pensées
et la chaleur de ses sentiments.
Enfin il invite à contempler
cette maison chétive, basse,
prête à tomber en ruine :
«Quoi donc, ignorez-vous que Rousseau
fut l'ami du Peuple,
qu'il aima les cabanes, détesta la grandeur ?»

Chacun peut ensuite venir déposer
une fleur au pied du buste.
Les Châteauvieux se débarrassent enfin de leurs bouquets
sur la montagne de fleurs,

à côté de l'inscription:
«Ici est né Jean-Jacques Rousseau, le 28 juin 1712.»
La pierre noire de la plaque
est coupée par une veine blanche,
comme s'il fallait rappeler que Rousseau
a brisé les tables du despotisme par le *Contrat social*.

De la désormais rue Jean-Jacques Rousseau,
les Châteauvieux avancent avec la foule
en direction de la place où se dresse
la fontaine aux quatre bouches,
décorée de fleurs et de rubans.
Un magistrat qui les a reconnus
fait monter sur l'estrade les anciens forçats.
Il leur tient un discours,
invoque l'égalité,
l'indépendance
et surtout la liberté.
Applaudissements !
Le magistrat fait un signe aux Châteauvieux alignés
pour les encourager à répondre.
Mais aucun d'entre eux
ne saurait égaler son éloquence.
Tous regardent Samuel, le plus habile d'entre eux.
Celui-ci ne sait que dire, mais soudain saisit
le bonnet rouge de son voisin
et le jette en l'air.
Un autre enlève à Samuel son bonnet
et l'envoie encore plus haut.
Bientôt non seulement sur l'estrade,
mais sur la place, chacun emprunte
le bonnet de son voisin pour le lancer vers le ciel bleu.

L'échange est général, la joie à son comble,
Tandis que volent les bonnets,
symboles d'un peuple libre.

La foule entonne le dernier couplet:
«Chantez c'est aujourd'hui la fête de Rousseau (bis).»
Pour le banquet républicain,
les cercles ont préparé des tables.
Tout respire la bonne humeur.
On porte des santés.
Un membre du Cercle des égaux perché sur la fontaine
tient une harangue enflammée:
«Citoyennes, citoyens de tout âge et de tout état,
après ce long confinement de nos libertés, renouvelons
tous les ans cette fête de notre petite nation. Nous l'avons
trop bien célébrée pour que je ne vous invite pas à la
célébrer encore...»

Après cette historique journée,
les quatre Châteauvieux se séparent,
non sans s'être jurés qu'aucun jamais
ne combattra dans aucune armée.

Toujours sous le coup d'une condamnation,
Samuel hésite à se rendre à Meillerie.
Le village fait désormais partie de la France,
département du Mont-Blanc.
Les troupes révolutionnaires sont chargées
de protéger tous ceux qui se réjouissent
d'être appelés citoyens.
Samuel doit-il se déguiser
pour savoir ce qu'est devenue Virginie?

Si elle a mis au monde une fille ou un garçon?
Si elle pêche toujours en solitaire?
Si elle l'a oublié?

Il juge plus prudent d'envoyer son ami Gédéon,
le seul qui connaisse un peu son histoire.
Il ira se renseigner,
approchera Virginie,
lui parlera de Samuel.

Gédéon accepte
et revient une semaine plus tard
rendre compte de sa mission:
«Virginie n'est plus à Meillerie,
partie pour les Amériques depuis trois ans.
Elle a confié sa fille, qui doit avoir cinq ans,
à sa sœur de Chambéry,
a dit qu'elle viendrait la reprendre
quand elle aurait organisé sa vie là-bas.
Pour ce qui concerne Dipiazza,
il est reparti pour Turin.
Non, il n'était pas mort,
il a épousé Virginie
qui l'a laissé en plan au bout d'un an.
Non, la sœur n'est plus à Chambéry,
personne n'a de ses nouvelles.
Peut-être qu'elle a rejoint Virginie.
L'enfant s'appelle Héloïse.»

Samuel passe quelques jours
à remettre ses idées en ordre.
Ainsi il n'a pas tué Dipiazza,

il n'est pas un assassin.
Virginie a tenu parole, l'enfant porte
le nom qu'elle avait annoncé.
Elle a grugé Dipiazza.
Dommage que les Amériques soient si vastes,
sinon Samuel irait la rejoindre.
Sûr qu'elle ne le repousserait pas.

(1798)

L'IRLANDE

Quand Samuel apprend que Clavière a été arrêté,
accusé de complot au profit de l'Angleterre,
il est à peine surpris.
Dans sa propriété de Suresnes,
le ministre lui a laissé une drôle d'impression.
Républicain,
opposé à Necker et aux patriciens genevois,
critique de l'esclavage des Noirs, très bien,
mais affairiste avant tout, et traître.
Pour éviter la guillotine,
il s'est suicidé en prison.
Samuel se demande s'il aurait eu ce courage.
Condamné, aurait-il devancé le bourreau
pour garder jusqu'à la fin
la conduite de son existence?

Le deux François, le boiteux et le petit,
arrivent enfin à Genève.
Samuel sent de moins en moins d'affinités avec eux,
il les évite.
Il ne lui reste que Gédéon pour inventer
une suite à leur vie de bagnard
sans se complaire dans le récit de leurs exploits
contre un pichet de mauvais vin.

À un mineur des carrières de Meillerie
qu'il rencontre un soir,
Samuel demande s'il se souvient de Virginie.

«Oui, dit-il, elle avait un sourire triste,
n'était pas heureuse avec Dipiazza,
Elle a suivi un groupe
qui partait pour les Amériques.
Selon la lettre d'un colon,
elle a pleuré pendant tout le voyage.
Après la quarantaine à New York,
elle a disparu.»

Gédéon pense que leur histoire
de Châteauvieux triomphant à Paris
a fait le tour du globe,
doit être arrivée aux États-Unis d'Amérique.
Si Virginie l'apprend,
elle reviendra en Europe et retrouvera Samuel.
Il ne faut donc pas qu'il s'embarque:
«Sinon tu seras là-bas, et elle ici.»

Samuel ne sait que faire.
Son horloger de père a pris une nouvelle femme
qui refuse d'héberger plus longtemps
un jeune homme de vingt-quatre ans,
criminel de guerre, rebelle et parasite.
«Quand on est condamné au bagne,
c'est qu'on a fait des choses graves», dit cette sotte.
Inutile de lui expliquer les idées nouvelles
sur le devoir de rébellion.

Le père raconte à son fils l'histoire de
la colonie d'horlogers genevois émigrés
dont André a parlé avant d'être roué vif.
Après la première révolution genevoise de 1782,

quand deux mille citoyens avaient préféré l'exil
à l'occupation de leur ville par les troupes étrangères,
quelques-uns s'étaient fait embaucher
au service mercenaire,
tandis que la majorité des exilés volontaires
se regroupait à Neuchâtel.

À Florence comme à Hambourg,
des princes libéraux offraient de les accueillir.
Ils avaient décidé de fonder près de Cork,
au sud de l'Irlande,
la colonie de New Geneva.
Ils avaient choisi l'endroit pour éviter
la jalousie des horlogers londoniens.
George III, roi d'Angleterre, voyait d'un bon œil
l'établissement de protestants
dans la partie catholique de son royaume.

Le 3 octobre 1782, le Parlement de Dublin
avait voté une résolution que le père de Samuel
tenait entre les pages d'un livre:
«Les Irlandais engagés pour la défense de leur Constitution et de leurs libertés sont naturellement amis de tous les pays ou groupes d'hommes engagés pour la défense d'une cause aussi glorieuse que la leur».

Les Genevois de Neuchâtel
étaient donc les bienvenus sur l'île.
Plusieurs gros propriétaires fonciers irlandais
offraient des terres aux «vertueux Genevois»
qui s'étaient «dressés contre le tyran».
Le Vice-roi leur avait cédé onze mille acres

proches du port de Waterford
appartenant au gouvernement de Sa Majesté,
et une somme de cinquante mille livres
pour transporter sur place les Genevois
et bâtir une ville.

Un premier groupe d'exilés était venu planifier
la construction d'un réservoir d'eau,
d'une fabrique de coton
et de lavoirs.
Ils prévoyaient de commencer par
cinquante maisons,
une auberge,
une boulangerie communautaire.
Dans un deuxième temps,
une tannerie,
un moulin à papier.
Au centre de la ville à venir, sur une grande place,
se trouverait l'Université de New Geneva
qui ferait oublier l'Académie de la vieille Genève.
Elle compterait quarante-quatre professeurs et assistants
qui coûteraient en salaire et entretien
quatre mille quatre cent cinquante-quatre livres par an.
Pour agrandir New Geneva en direction du large,
les sables conquis sur la mer seraient asséchés.

Les exilés étaient surtout des patrons horlogers
à qui manquait la main-d'œuvre qualifiée
restée à Genève-sur-Léman.
D'où la tentative du fabricant Ami Melly
de recruter deux mille ouvriers horlogers
auxquels il garantissait la citoyenneté irlandaise.

Un pamphlet célébrait son entreprise :
« Pour vous, pour vos enfants, une ville s'élève
Déjà l'on voit bâtir la Nouvelle Genève
C'est là que le bonheur, que la prospérité
Vous attendent sans doute avec la liberté. »

Le projet d'Ami Melly avait tourné court.
À Genève l'ancienne,
il avait été arrêté, jeté en prison.
Son évasion restait un mystère
auquel Antoine, le père de Samuel,
n'avait ajouté rien d'autre que :
« Mais ce coup-ci, ils ne nous ont pas eus
si facilement. »

Mais qu'est devenu New Geneva ?
D'après le récit d'un horloger,
revenu dépité d'Irlande,
le projet n'a jamais débuté pour de bon.
Clavière entre autres a joué un double jeu
auprès du roi Georges III.
À Londres, les patriciens genevois
ont envoyé Saladin, leur rusé diplomate,
pour dissuader les Anglais d'inviter chez eux
de dangereux révolutionnaires et,
pire encore, des concurrents
de leur propre industrie horlogère.
Le roi de France, Louis XVI,
lui aussi a tout fait
pour empêcher la naissance
d'un foyer d'artisans rousseauistes
chez son voisin anglais.

Même entre les émigrés à Neuchâtel,
de fortes tensions sont apparues
à propos de New Geneva.
Une poignée de Genevois, établie à Waterford,
ne compte pas s'en retourner.

Samuel décide d'aller là-bas tenter sa chance.
C'est lui qu'on retrouve à Waterford
sous le nom de Sam Butcher,
accueilli par quelques irréductibles
qui tiennent près du port
un commerce de montres.
Capitaines de vaisseau et officiers de marine
sont leurs clients.

À défaut de New Geneva,
Samuel trouve du travail
dans la grande cristallerie de Waterford
établie sur les bords de l'estuaire.
Engagé comme polisseur, puis comme graveur,
il écrit sur les verres le nom des nobles acquéreurs.
Et une fois, en cachette,
sur de tout petits verres à liqueur:
«Virginie».

Chaque fois que passe un navire
en route pour les Amériques,
il se renseigne pour travailler à bord,
payer son voyage vers le Nouveau Monde.
Et, qui sait, si Virginie, toujours elle...

Il engage un jour la discussion avec un quartier-maître
qui lui demande ce qu'il sait faire sur un bateau.
«Né à Genève, Samuel dit, j'ai travaillé sur le Léman.»
«En somme marin d'eau douce, l'autre dit.
Des bords de ce lac, j'ai déjà trois gamins,
des bons à rien qui rejoignent leurs parents.
Reviens demain!»

Samuel a bon espoir, sa malle est toujours prête.
Le soir, il rôde autour du bateau,
La Valentine, un solide trois-mâts battant pavillon français.
Sur le quai des enfants jouent aux billes.
Parmi eux, une fillette.
Quand elle le voit, coiffé de son bonnet rouge,
elle court vers lui:
«Donne-le-moi, je le veux.»

Comme à chaque fois, Samuel explique
que jamais il ne se séparera
de l'emblème de sa liberté.
L'enfant dit que chez elle,
ils sont nombreux à porter ce bonnet.
Samuel lui demande d'où elle vient.
Elle dit être née dans un village savoyard pas très grand,
et qu'elle va rejoindre sa mère aux Amériques.

«Et comment est le nom du village?
Et comment tu t'appelles?»

Quand Samuel apprend qu'il s'agit de Meillerie
et qu'elle a pour nom Héloïse, il dit:
«Et ta mère s'appelle Virginie.»

«Comment tu sais ?», demande la fillette.

Alors Samuel :
«Ce bonnet, je le gardais pour toi,
je te le donne.»

Le lendemain le quartier-maître engage Samuel.
Il traîne sa malle à bord de *La Valentine*.

(2014)
LE MARQUIS

Arrivé à la fin de cette histoire, je tiens à préciser
dans quelles circonstances je l'ai écrite.

J'avais hérité de mon père
une gravure représentant un monsieur bien mûr,
un ancêtre en perruque Louis XVI,
l'œil fier,
décoré d'une croix de guerre et d'une écharpe.
Il s'agissait du marquis
Jacques-André Lullin de Châteauvieux,
commandant du régiment du même nom
au service de Sa Majesté le roi de France.

Je savais que ce marquis avait habité,
à Choully dans la campagne genevoise,
le «château» où j'ai souvent
rendu visite à la sœur de ma grand-mère,
tante Edmée, qui en avait hérité.

Je ne pensais pas m'intéresser à ce marquis
quand j'ai assisté à la conférence d'un historien
attaché aux Archives nationales à Paris.
Et voilà qu'il a dessiné de cet homme
un portrait si peu flatteur que je n'ai pu m'empêcher
de faire ce que je réprouve par ailleurs
quand des messieurs d'un certain âge
se mettent à grimper à leur arbre généalogique.

Je ne me sens pas responsable de cet ancêtre
même si mes parents m'ont affublé de son prénom,
Jacques-André, mon deuxième prénom.
Après avoir découvert les turpitudes de ce marquis,
j'ai pris rendez-vous avec l'archiviste pour l'informer
que je voulais me séparer au plus vite
de l'encombrant portrait.
Nous sommes convenus d'un café à Paris,
je lui ai offert la grande gravure dans son cadre doré
ainsi que quelques papiers de l'époque.
En le quittant, je me trouvais soulagé.

Restait à raconter l'histoire de ce monstre.
Le «château» de Choully est situé sur la colline
la plus élevée de la République de Genève.
De là-haut se découvrent aussi bien
la campagne que la ville,
le Jura que les Alpes.
Maison de maître en pierre de molasse
posée au milieu de jardins
et de promenades en terrasse,
ses deux façades majeures ne se différencient guère.
Toutes deux présentent un avant-corps
à fronton de trois travées.
Les fenêtres du rez-de-chaussée
Sont agrémentées de clés sculptées.
Un cordon de pierre souligne la séparation des étages.
La façade avant qui s'ouvre sur les parterres
s'orne de pilastres sur deux niveaux
qui donnent de l'emphase
aux trois travées de l'avant-corps.
Derrière cette façade

se trouvent cinq espaces en enfilade,
somptueux décor pour les réceptions.

Ici naît en 1728 Jacques-André, le futur marquis.
À quinze ans, son père l'envoie en France.
Enseigne, c'est-à-dire porte-drapeau,
au régiment des Gardes suisses de Diesbach,
engagé dans la guerre de Succession d'Autriche.
En 1754, capitaine, il a vingt-six ans.
En 1759, le voilà colonel dans la guerre de Sept Ans.
En 1766, major d'un régiment.
L'année suivante, colonel-brigadier.

Il revient alors vivre à Choully.
À quarante-trois ans, il épouse,
avec la bénédiction du duc de Choiseul,
Catherine Vernet, de vingt ans sa cadette,
dont le père, Isaac Vernet,
banquier huguenot établi à Paris,
meurt deux ans après le mariage.
Il laisse à sa fille une fortune considérable.
Dès lors Jacques-André se repose
sur ses lauriers de brigadier,
s'achète un lot de mercenaires qu'il baptise
régiment Lullin de Châteauvieux.

La vie de ce genre de propriétaire
n'est que trop documentée, aussi bien
dans l'histoire du service à l'étranger
que dans les annales locales.
Le marquis lui-même s'est attaché à peaufiner
l'image qu'il offrait à la postérité,

comme j'ai pu m'en rendre compte en furetant
dans les archives de la Bibliothèque de Genève.

J'ai retrouvé dans ses papiers un billet urgent signé
de l'administrateur des régiments de Gardes suisses:

«À M. de Châteauvieux, Genève.
Paris, le 17 août 1790.
Vous devez avoir appris, Monsieur, l'insurrection de
votre régiment, j'en ignore encore les détails et il faut que
MM. de Merian et de Salis et tout le monde soit
dans l'impossibilité d'écrire ou que les lettres soient
toutes interceptées pour que je n'en aie reçu aucune.
Je crois indispensable que vous vous rendiez ici le plus
tôt qu'il vous sera possible.
Signé: D'Affry»

J'imagine le marquis en plein été
sur la terrasse de Choully
apprenant l'insurrection de son régiment.
D'abord il ne bouge pas,
les nouvelles de France
ne sont pas bonnes pour les aristocrates.
Quelques jours plus tard, il reçoit une visite.
Le capitaine Perret, qui fait partie de son régiment,
vient lui annoncer que tous ses officiers
sont séquestrés par ses mercenaires.
Leur comité de soldats réclame des arriérés de solde.
Le marquis est prié
de remettre sans délai à Perret
la somme de cent mille livres pour effacer l'ardoise
afin de libérer ses officiers,
au nombre de treize y compris Merian et Perret.

J'ai trouvé aussi à la Bibliothèque de Genève
une note de la main du marquis.
Arrivé sur place, il dit que
«les malheurs de Nancy»,
comme il les nomme, lui ont coûté
cent mille livres
et trois cent neuf hommes qu'il va falloir remplacer.
Il menace ses propres capitaines
de retenir leur solde
s'ils ne recrutent pas assez vite:

«Dans le cas où des compagnies n'auraient pas atteint le complet qui vient d'être fixé [...] il leur serait retenu autant de soldes de vingt livres qu'il leur manquerait d'hommes...»

Après l'inspection de son régiment, le marquis
s'en retourne à Choully
pour suivre les événements à distance.
Il décide de renommer ses troupes,
les appelant désormais régiment Lullin,
car le nom de Châteauvieux est honni.
À Choully, il retrouve son ami,
le banquier Jacques Necker,
venu lui aussi s'abriter
des troubles et des guerres.

Durant toute la période révolutionnaire,
il fait profil bas.
Quand Napoléon arrive au pouvoir,
il respire...
et se met à son service.

En 1812, le marquis devient membre
du Conseil général du département du Léman,
chevalier de l'Ordre impérial de la Réunion.

En 1814, quelques jours à peine
après l'exil de l'Empereur à l'île d'Elbe
et le triomphe de l'Ancien Régime,
le marquis, désormais octogénaire, se précipite à Paris
pour faire ratifier sa dernière décoration:
grand-croix de l'Ordre du Mérite militaire,
Signé, comme j'ai pu le constater:
«Louis, le Roi étant aux Tuileries, le 19 juillet 1814.»

L'opportunisme du marquis n'a pas de limites,
il fête donc la Restauration.

Deux ans plus tard, il meurt enfin, laissant un fils,
une veuve et un héritage.

Par une belle journée du XXIe siècle,
je retourne sur place,
je descends de la colline de Choully
où se trouvent le château d'eau,
un hameau et le «château» tout court.

Je repense à cet écrivain des États-Unis d'Amérique,
Nathanaël Hawthorne,
«l'inventeur» du roman américain.
En 1850, il publie *La Lettre écarlate*,
l'histoire d'une jeune héroïne accusée à tort
par d'imbéciles puritains.
Hawthorne la réhabilite.

L'ancêtre du romancier était l'un des juges
qui avaient condamné au bûcher
les prétendues sorcières de Salem.

Contre cette espèce d'aïeux,
écrire peut vous faire quitter
le cercle des assassins.
Hawthorne me montre la voie.

Je passe devant la maison Necker.
Depuis deux siècles, la famille semble avoir toujours
la même boîte aux lettres.
Je longe ensuite le temple protestant.
Et juste à côté, je découvre,
derrière une grosse pierre,
un petit monument isolé.
D'une inscription effacée par la mousse et le temps,
je déchiffre une liste de glorieuses batailles:
«Fontenoy, Rocourt, Lauffeld, Mosbach, Sandershausen,
Minden, Bergen, Marbourg.»

Et sur la face principale de la stèle:
«Ici repose Jacques-André de Châteauvieux, né le 13 juin
1728, mort le 13 janvier 1816, lieutenant-général des
armées de S.M. le roi de France, grand-croix de l'Ordre
du Mérite militaire, colonel du régiment de son nom.
Ses descendants viendront ici honorer sa mémoire.»

Vous honorer, mon colonel?

Pour faire le portrait des mercenaires qu'il a sacrifiés,
j'ai trouvé bien moins d'archives et de documents.

J'ai mis la main sur une gravure qui documente
le martyre d'André Soret qui fut en France
le dernier condamné au supplice de la roue.

Je me suis rendu à Nancy sur cette place de la Carrière
appelée aussi du Palais,
puis de la République démocratique,
puis de la Préfecture,
et de nouveau de la Carrière.
Elle figure depuis 1983
au patrimoine mondial de l'UNESCO comme illustrant
«une période significative de l'histoire humaine».

J'ai retrouvé le programme des événements
en l'honneur des Châteauvieux,
leur triomphe à l'Assemblée nationale.
Et les écrits de Clavière.
Et ceux de Marat.
Et les poèmes ambigus d'André Chénier.

Quant au couvre-chef de la Révolution,
le bonnet rouge,
j'ai suivi son histoire.
Même le roi Louis XVI s'en était coiffé,
espérant calmer ainsi les sans-culottes.

Je suis passé en Irlande voir New Geneva,
abandonnée par les colons genevois,
transformée en prison
pour des milliers de révolutionnaires irlandais.
Sur place, les Anglais les ont torturés, exécutés
ou déportés vers l'Australie.

À Brest où était le bagne,
j'ai découvert parmi les forçats
le nom de quarante et un Châteauvieux
dont étaient précisés
le matricule, l'âge le jour de leur arrivée,
le métier, le lieu de naissance
ainsi que l'instance de condamnation, le motif et la peine,
identiques pour tous:
«Conseil de guerre des régiments de Castella et Vigier
tenu à Nancy, sédition, 30 ans.»
Même date de condamnation:
«4 septembre 1790.»
Même date de libération:
«20 février 1792.»
Sauf pour Pierre Monnoye,
mort un an plus tôt.
J'ai recopié leurs noms:

Matricule 28370, Joseph Boucher,
27 ans, sans métier, Beaufort (Savoie).

Matricule 28377, Samuel Bouchaye,
19 ans, menuisier, Genève.

Matricule 28379, Gédéon Viviand,
19 ans, monteur de boîtes, Genève.

Matricule 28381, Pierre Monnoye,
22 ans, sans métier, La Roche (Fribourg).

Matricule 28382, Jacques Grosjean,
23 ans, horloger, Genève.

Matricule 28393, François Besançon,
22 ans, émailleur, Genève.

Matricule 28394, François Harpin,
22 ans, sans métier, Genève.

Comment raconter leur misère ?
Comment dire la cruauté de leurs officiers
dont les titres ont servi
pour des plaques de rue et des statues,
alors que les soldats rebelles n'ont eu droit
qu'à une infamante inscription
dans le grand livre de la chiourme ?

J'ai retenu le nom de sept mercenaires
et du supplicié André Soret.
De ces noms, j'ai fait des personnages.

Les puissants vous accablent
de leur succès.
À leurs esclaves,
aux moins fortunés,
seule la littérature
rend la parole.

Table

Du même auteur

À nous deux, Ferdinand, Canevas, 1991
Virtuellement vôtre, Canevas, 1993
La vie, il y a des enfants pour ça, Canevas, 1994
La ligne bleue, Seuil, 1995
Bleu Siècle, Seuil, 1996
Double, Canevas, 1998
Gris-bleu, Seuil, 1999
Courir, écrire, Zoé, 2000
La danseuse et le chimiste, Labor et Fides, 2002
Nationalité frontalière, Métropolis, 2003
Jules en Amérique, La Joie de Lire, 2003
L'envol du marcheur, Labor et Fides, 2004
Malcolm X, Desmaret, 2004
L'homme qui tombe, Buchet Chastel, 2005
Chronique américaine, Metropolis, 2005
La nouvelle conférence de Wannsee, Le temps des cerises, 2005
Un dimanche à la montagne, Buchet Chastel, 2006
Kamikaze Mozart, Buchet Chastel, 2007
Nomades involontaires, OSL, 2008
Un glacier dans le cœur, Métropolis, 2009
Le silence des abeilles, Buchet Chastel 2009
Esthétique de la course à pied, Virgile, 2010
Tu n'as rien vu à Fukushima, Buchet Chastel, 2011
Fusions, Buchet Chastel, 2012
Écrire la mondialité, La Baconnière, 2013
Légèrement seul, Phébus, 2013
Le démantèlement du cœur, Buchet Chastel, 2014
Tous les lointains sont bleus, Phébus, 2015
Terminal terrestre, D'autre part, 2017
Quand vos nuits se morcellent, Zoé, 2018
Dix petites anarchistes, Buchet Chastel, 2018
La Suisse de travers, Héros-Limite, 2020
L'Oiselier, La Baconnière, 2021
La France atomique, Héros-Limite, 2021
Lire le ciel, Non Standard, 2021
Portraits clandestins, La Baconnière, 2023

En couverture:
Anonyme, «Révolution française: Journée du 10 août 1792 – Assaut des Tuileries par le peuple, la Garde Nationale et les fédérés», Musée Carnavalet, Paris.

Impression de la couverture:
Che Huber et Georges Mishuga, Noir sur Noir Impression, Genève.

Maquette et composition:
atelier de La Queue du Tigre, Gaia Biaggi, Genève.

Achevé d'imprimer en mai 2023
par l'Imprimerie Floch, Mayenne.

Isbn: 978-2-88955-080-7

Les éditions Héros-Limite sont au bénéfice d'un conventionnement de la République et canton de Genève et d'un soutien structurel de l'Office fédéral de la culture.

Merci à Thierry Dubois.

Numéro d'impression : 102551
Dépôt légal : août 2023
Imprimé en Suisse et en France